복사꽃이

필 때

복사꽃이
필 때

홍검사 詩集

좋은땅

목차

가슴앓이

너와 내가 해체되면
난
누구와 관계 지을까

내가 나를 잃어버리고
너를 잊어버리기 위해
눈을 감으면
한없는 비애의 여행으로 떠난다

핏빛 낙조가 졌다
새로운 하늘이 열렸다
바람이 불어오면 오는 대로
눈이 내리면 내리는 대로
세월이 흐르면 흐르는 대로
겨울이 오면 오는 대로
하는 말도 다 못 하고
가는 길을 가는 것이랴

묘비 없는 무덤으로

겨울바람이 스치운다
퇴색되어 버린 낙엽의 발자취는
길고 긴 인연줄이 되었고
좋은 것은 좋은 대로
한 점 회오리의
모진 눈물이 흐르는 밤
거울 속에 비추려는
작은 바람의 소망
징징 엠뱅이 돌았다

겨울 바다가 그립다
하얀 바닷새가 그립다
하는 말도 다 못 하고
가는 길을 가는 것이랴

너와 내가 해체되면
난
누구와 관계 지을까

가을

감나무 가지에는
가을 햇빛
어마니 좋아하시던
홍시감이 주렁주렁 열렸다

남들이 먼저 거닐기 전에
단풍이 먼저 와
아름다운 가을 맘을
가슴 깊숙이 담아서
신바람 나는 멋진 휴일날
소풍을 가는구나

감나무 가지에는
가을 햇빛
어마니 좋아하시던
홍시감이 주렁주렁 열렸다

가을 안개

먼 넘의 안개가 이렇게 끼었다냐
하기사 가을 안개는 복 안개라 한디

앞 시야가 채 일 미터도 안 된다
아침 안개가 온 들판을 뒤덮고 있다
가을걷이 한창인 들판에 촌음이 아까운 시간
안개가 걷히려면 한나절은 족히
해도 가려 도시 보일 기미는 없다
가을걷이는 재촉하지 말라는 말도 있다지만
하늘이 정해 주는 날씨를
인간사는 거역치 못해
아침나절 그저 이마에 손을 얹고
해마중하고 있다

먼 넘의 안개가 이렇게 끼었다냐
하기사 가을 안개는 복 안개라 한디

아바니는 사립문 밖에서
이마에 손등을 얹고
안개 낀 하늘을 찡긋했다

가을이 가기 전에

바람이 스치웁니다
이 바람이
당신의 손끝에서 시작하여
나의 가슴으로 오는 것을 알았습니다

바람이 나의 창을 스칠 때
하늘의 무수한 별빛 속에서
나는 당신에게 빛을 보냅니다

나뭇가지는 뻗어 오르고
계절을 재촉하는 진눈깨비 한창일 때
우리들은 서로 바람이 되어
기도하는 사랑의 손길로
불어오는 바람은
가을이 가기 전에
당신의 손끝에서 시작하여
나의 가슴으로 오는 것을 알았습니다

바람이 스치웁니다

이 바람은

기도하는 사랑의 마음입니다

가을이 가기 전에

가을 한나절

시월 들녘
누렇게 고개 숙인 벼들이
수확을 기다리고 있다

해질 무렵
가는 소나기 몇 두름
고샅길 물두덩이에
넘어가는
해가 걸린다

괭이[1]들은 살팍[2]에서
연신 쫑긋쫑긋 고갯짓
마실 나간 할머니를 기다리고
대숲에서는
하루 일과 끝난 참새 떼 째잘째잘
때까치 한 마리

....

1) 고양이.
2) 사립문 밖.

대나무 꼭대기에 앉아서

마당에서 짖어 대는 똥개와 맞짱을 뜨고 있다

개굴탱이[3]

음력 사월 스무하루
해는 이미 지고 없다
하나둘씩
어둠이 밀려오면 자동으로 켜지는
가로등 불빛
하늘의 금성도 서쪽 하늘
어둠 속에 반짝이고
물잡이 논에서는
요란스런 개굴탱이 합창 공연
때로는 숫넘을 부르는 소리
때로는 암넘을 부르는 소리
때로는 엄헌 넘을 부르는 소리
때로는 엄헌 년을 부르는 소리
고샅길 마실 다니는 괭이들도
잠시 귀 쫑긋
대문간 짖어 대던 수캐들도 귀 쫑긋

....
3) 개구리.

건강한 마음

夕陽無限美(석양무한미)

지는 해가 무한히 아름답다 하지만

往歲月痕迹(왕세월흔적)

가는 세월 흔적이라

來日有場陽(내일유장양)

내일 다시 마당에 해는 비추련만

往時不復回(왕시불복회)

가 버린 시간은 다시 돌아오지 않으니

健康心最高(건강심최고)

뭐라 뭐라 해도 건강한 마음이 최고라네

겨울 태풍

태풍 속에서 겨울은 찾아왔다
대나무 숲에서는
숨넘어가는 비명 소리가 들려온다
너무나 세찬 바람이 불어온다
그 많던 참새 떼는 다 어디로 갔는지
저 멀리 들판 너머 패랭이 입은 농부의
발걸음이 바삐 움직인다

고물딱지 라디오 짹짹거리다
위이잉
어느 노래쟁이의 목소리
잠시 쉬어 가는
시간

담배 한 개피 불을 지폈다
한 모금
천장을 향한 동그라미

웬 겨울에 태풍이지?

대나무 숲에서는

숨넘어가는 비명 소리가 들려온다

경고

봄꽃들이 시간을 잃었다
사방 천지 동시다발 난리가 났다
백목련이 피고
동백이 피고
매화꽃이 피고
개나리가 피고
노란 봄동이 피고
벚꽃이 흐트러지고
배꽃이 만발하고
도화꽃이 만발하고
진달래가 붉고
며칠 새
숨 쉴 틈 없이 휘몰아친다
이렇게 자연은 주지 않아도 주는 것을
하지만
꽃들이 경고하는 걸까?
기후 변화 온난화의 주범들이 가까이 있는데
한꺼번에 왔다가 한꺼번에 가 버리면
아!
어쩌라고

계묘년

올바른 사람은
화합은 하나
부화뇌동하지 않고

올바르지 않은 사람은
같음만을 추구하고
화합하지 않는다

사악한 인간일수록
위선의
자비 외투를 입고 다닌다

위선 없는 토끼 발톱으로
계묘년을 맞이하자

고뇌

머리 회전이
그다지 빠른 사람이
아니다라는 것을
스스로 너무도 잘 아는 나이
빠른 결정을 내리지 못하는 이유가
늦은 머리 회전 탓일까
아니면
숨어 있는 터무니없는 욕심 탓일까
아무 결정을 못 하고 바라보고 있는
전화 벨소리
한심한 자신을 학대한다
머리 회전의 순발력이 형광등 탓으로
확실한 답이 오기까지 더디는 시간
사람 사는 세상에서의 악연이란
단 한 번도 만나지 못한 인연이
악연이라고 했던가

공간

삶의 일부분을 스치고
지나간
비어 있는 자리
하나
둘
셋
그리고 나

가져 보지 못한 사람들이
쪼그맣게 쪼그맣게
그대로 살아가는 하늘 아래
하나
둘
셋
그리고 이 땅

때로는
허탈에 빠져
허우적거리고

때로는
눈물이 휘몰아치도록
박장대소를 하고

너무 기뻐도 큰일
너무 슬퍼도 큰일
그 빈자리를
喜(희)와 悲(비)가 공존해 간다

공사판 일기 1

눈은 내리고 있는데
살고 싶어 하는
살아야 하는 굴레를 벗어 버린
화정동 양 씨를 생각했다

도야지 머리를 놓고
고사를 지내던 시간만큼이나
소중했던
공사판 인연으로 맺어진
우리들의 만남과 그리고 이별

추운 날
색 바랜 야전복 허리춤에
점심 통이 달리고
버스도 없는 길을 뚫고
마냥
공사판 첫 손님으로
뜨거운 불을 지폈다
우리들의 얼었던 귀와 손을 녹여 주던

목이 길어
사슴 양 씨로 통하던
그 화정동 양 씨

나는 무엇을 했을까?
하얀 꽃상여가 나가던 날
목이 긴 슬픔보다도
서로가 남이 아닌
남이 되기 싫은 까닭에
그가 남긴
색 바랜 야전복 한 켠에 매달린
따뜻이 덥혀 주지 못했던 점심 통
눈물이 난다
하염없이
하염없이

살고 싶어 했던
목이 길어 사슴 양 씨로 통했던
그 화정동 양 씨

나는 무엇을 했을까?
하얀 꽃상여가 나가던 날

공사판 일기 2

작업복 가방을 맨 사람들이
덜커덩거리는
함석받이 문짝을 밀치면
작업장의 아침은
초가지붕 연기처럼
시작되어 간다
한편에서는 망치 소리
또 다른 한편에서는 잡놈(?)들의
그렇고 그런 이야기
대개가 마누라 거시기 이야기가
밥상 위에 오른 고기 되어
거시기 거시기 하고
오늘도 산수동 이 씨의 오입 이야기
시시껄렁한 그렇고 그런 얘기지만
바닥 인생의
쓸쓸한 여운이 흐르는
세월의 뒤안길을
쓸어 가고 있었다

공사판 일기 3

현장 맞은편 지하 다방

잠시 짬을 낼 시간이면

다람쥐 쳇바퀴 돌 듯

쪼르르 달려가

쿠션 딱딱한 의자에 파묻히면

분내 풍기는

쌍판에

아랫도리 텐트를 쳤다

죄 없는 보리차

대여섯 잔 갈증 풀리고

갖은 교태와 아양은

노가다의 하루를 같이 살아가는

바닥의 시간

팁이라도 없으면

오늘은 새마을 사업

공사판 일기 4

주름진 함석받이
여남게 둘러쳐진
바깥세상과
그 안의
허물어져
다시 일어서는 세상이
우리네 시간과 공존하고 있었다
자유로운 표정과 행동으로 활개 쳐 대는
주름진 함석받이 바깥세상
눈부신 가을의 태양이
등줄기를 후줄근 적셔 주는
그 안의 세상
시끌벅적한 삶의 터전도
시침의 정확한 방향 따라
주섬주섬 귀가를 서두르면
나는
양동이 물 한 통에
피로를 헤집는 준비를 서둘러야 했다

공사판 일기 5

언제나 왔었던 사람들이
하루라도 오지 않았을 때
마음속에는
빈 공간이 생긴다
늘상 하는 이야기
그 이야기가
그 이야기지만
날마다
되풀이되는 것이라도
새롭게 느껴진다
어제의 일이 오늘에
오늘의 일이 내일에
또
새롭게 느껴질 것이니까
언제나 왔었던 사람이
하루라도 오지 않았을 때에는
마음속에 빈 공간이 생긴다

공사판 일기 6

싸움이 일어날 때는
잡부 김 씨도
목수 이 씨도
철공 오 씨도
소장도 기사도
한패가 되어 달려드는
인심 속에 우리의 설 땅이 있었다
때로는
쇠망치에 손톱이 피멍울이 들어도
뼈 속을 에이는 듯한
반센 토막의 시위가
지난 몇 달 동안의 최루탄 향기보다도
더욱더 고통스러웠다
내가 떠나고 나면 그만인 것을
내가 보지 않으면 그만인 것을
하루 좆 빠지게 몸뚱이로 때워도
일당 몇 만 원
어쩌다 새내끼 목에 걸고
떠들다 치면

어쩌다 한 번
노가다의 세월은
허름해져 버린 작업복과
피멍으로 가는 길

공사판 일기 7

섬진강 새벽바람 안고
달려온
모래알들이
작업장 안으로 내려졌다

사람들에게
하나하나의 이야기가 있듯이
모래알 하나하나에도
먼 옛날
산비탈 떠나
두루두루 세상 구경하던
이야기가 숨어
작업장 인부들에 의해
다시
한 삽 한 삽
또 다른 이야기를 담아 가고 있었다

공중도덕

사람으로서
모든 사람들을 위하여
지켜야 할 예의
모든 사람들이 아름답고
편리하게 생활할 수 있도록
지켜야 할 기본 도덕
그러나
사람 같지 않은 자들 때문에
도덕이 땅에 떨어졌다

그래서
개만도 못한 인간이라고 했던가

공중도덕
사람으로서
모든 사람들을 위하여
지켜야 할 예의
모든 사람들이 아름답고
편리하게 생활할 수 있도록
지켜야 할 기본 도덕

공통점

석쇠와 국회의원의 공통점
자주 갈아 줘야 한다

코털과 국회의원의 공통점
뽑을 때 잘 뽑아야 한다

아줌마와 조폭의 공통점은
떼로 몰려다닌다

주식과 결혼의 공통점은
해도 후회 안 해도 후회한다

골프와 자동차의 공통점은
와이프에게 가르쳐 주려다 중간에 금이 간다

골프와 자식의 공통점은
비싼 과외를 해도 안 된다

골프와 여자의 공통점은
넣으면 소리가 난다

국회의원

- 어마니
아이
밥그럭 이쁜 거 봐라

- 아들
먼 밥그럭이 이쁘다 헐까
똑같은 밥그럭인디

- 어마니
밥그럭 우게가 노랑 금 기래져 갖고
안 이쁘냐?
○○○가 옛날에 국회의원 선거 때 준 건디
아직도 이쁘당께
○○○를 국회로 보냅시다 허고
마이코 달고 댕겼는디

- 아들
워매 밸것도 다 기억허시네이
그래서 누구를 찍었는디

- 어마니
찍어 줘야제 밥그럭까징 받었는디
누구를 찍었겄냐

- 아들
밥그럭 한 개 받어묵고 찍어 줬구만이
뇌물 받었네
신고해야겠네

- 어마니
어따 신고헌다냐
그때가 언젠디
나만 받었다냐 이 동네 저 동네
다 나눠 주고 댕겠는디
다 똥 되어 부렀겄다
글고 죽어 붓는 사람도 있을 거인디

- 아들
글면 지금도 누가 국회의원 출마헌다고 험시로
밥그럭 주면 받을라요

- 어마니

받으면 징역 간다 허디라
글고 우리 아들이 이장인디 받으면 안 되제

- 아들
워매 워매
우리 어마니 최고네 최고여

귀뚜라미

귀뚜라미는 겨울에 어떻게 될까
밖에는 찬바람이 불고
비가 뿌리고 있다
겨울은
귀뚜라미의 울음소리를 얼어붙게 하면서
찾아오는 것일까?

무엇이든 사라지는 것은
슬픈 일이다
소년 소녀가 그랬고
세월이 그랬고
사랑하는 애인이 그랬고
사라지고 난 빈자리가 슬퍼 보여서
더욱 그랬다

그러나 그 빈자리에는
다시 무언가 오리라는 기대
끝과 시작은 영원한 동의어?

하나를 생각하고
하나를 위하고
또 하나를 실천하고
또 하나인 당신을 생각한다
하나의 인생
하나의 사랑
하나의 희망
또 하나의 영혼

귀뚜라미는 겨울에 어떻게 될까
밖에는 찬바람이 불고
비가 뿌리고 있다
겨울은
귀뚜라미의 울음소리를 얼어붙게 하면서
찾아오는 것일까?

기생충

다른 동물의 몸에 기생해서
영양분을 빼앗아 생활하는 잡것이다
몸 밖에서 생활하는 외부 기생충
몸 안에서 기생하는 내부 기생충
옛날 옛날
십상시는 내부 기생충
황건적은 외부 기생충
어느 사회건 기생충은 있기 마련이다
서로서로 공존하고 대립하는

백성을 생각하는 좋은 기생충은 어디 없을까?
기생충들의 전성시대
백성 앞에
머리 조아리는 진정한 용기
정직한 마음
그런 기생충이 좋은 기생충

기후 변화

춘삼월 바람이 세다
구월 수확기 걱정이 된다
예로부터 맞달로 맞대친다 했는데
喜樂(희락)이 아닌 努哀(노애)다

지속 불변 산수유
희망 개나리
정신 아름다움 벚꽃
순결한 사랑 진달래
사랑의 노예 복사꽃
온화한 애정 배꽃

사회나 공동체를 위한
옳고 바른 도리를 正義(정의)라 한다
그 정의가 실종되고 있다
가족 제도의 붕괴
세대 간의 부조화
세태의 변화
꽃들도 마찬가지다

먼저 먼저 이쁨 보이려
서로서로 각축전이다

봄비가 내리고 있다
가뭄의 단비
초록 잎새들이 난리가 났다

꽃

꽃은
우리에게
미소를 준다
희망을 준다
생기를 준다
그리고
누구나
한 번쯤 마주쳤을
그리고
마음속
와
예쁘다

꿈

우리는 날마다 꿈을 꾼다
꿈은 도망가지도 않는다
꿈은 바람이다
꿈은 희망이다
그래서 꿈은 도망가지 않는다

나는 당신의 주인이로소이다

내 여기 왜 서 있나
구름 자주 피어나고
산등성이 능선엔
불꽃이 피워라 해도
밤새들 구슬피 울어대는
내 여기 왜 서 있나

모두가 가 버린 텅 비인 그 자리
오똑한 길을 향해
내 여기 왜 서 있나
파랗게 멍이 들어 버릴 것 같은 내 마음
누누이 구차한 변명도 없이
구름 자주 피어나고
불꽃은 자주 일어
나는 나는
바로 당신의 주인이로소이다

한 주박 표주박이 되어
희로애락을 떨구어 버리고

여기
정원에 내린 씨앗에 싹이 텄고
맑고 맑은 물에 둥실 떠내려가던 날
구름과 바람과 성에 해맑은 미소 속에
허울을 벗기고
생각에 미치는 영역을 떠나
나는 당신의 주인이로소이다

나 원 참

딸아이와
복숭아 농원

복숭아 농원 이름이 뭐냐고 해서
홍검사 복숭아 농원이랬더니

아빠는
홍검사가 그렇게 좋으냐 한다

ㅋㅋ
그래서
유년 시절 대사헌이 꿈이었다 했다

대사헌이 홍검사야?

나 원 참 ㅎㅎ
국사 공부는 했는 건지

나이

옛날에 까마득하게
여겨졌었던
그 시간들이
어느새 곁에 와 있어
그 시간들을 같이하고 있다
一日如三秋(일일여삼추)라고
새내끼로 묶어 놓을 수도 없는 노릇이고
수용하자니
젊은 시간들이 부애[4]가 난다
억지로는
막을 수도
못 가게 할 수도 없는
거꾸로는 갈 수 없는 것일까?
속아지는
밴댕이 소갈머리 닮아 간다
가는 시간
초침 소리가 부애가 난다

----

4) 화.

젊은 시간들이
자꾸자꾸 부애가 난다

낙엽

낙엽 지는 소리에
허전한 마음 더해 간다
그리움에 지친
가을밤
바람에 튕겨 가는
낙엽에 내 마음을 전할까 보다

허공에 나의 손길이
가을 하늘
찬란히 빛나는
별들의 무리 속으로
닿을 듯 닿을 듯

낙엽 지는 소리에
허전한 마음은 더해 간다
누군지
모르는 누구인지를 향하여

낙엽 지는 소리에

허전한 마음 더헤 간다

그리움에 지친

가을밤

바람에 튕겨 가는

낙엽에 내 마음을 전할까 보다

낟가리

낟가리
지금은
사라져 버린 말
벼 낟가리
벼 다발 묶어 논두렁에
첫 번째 줄에 네 다발
두 번째 줄에 세 다발
세 번째 줄에 두 다발
네 번째 줄에 한 다발
열 다발
낟가리 쳐 두던 시절
지금은 낯선 말이 되었다

콤바인이라 불리는 기계가 훑고 간 자리
소먹이
하얀 공룡 알로 대신하고
언제부턴가
낟가리 말은
사라지고 없었다

內面에 흐르는

아침 밥상을 물리기가 바쁘게

- 어마니
아이 병원에 좀 가야 쓰겠다
왼편 닥게 더수기[5]가 아퍼서 손을 못 올리겠다
주사 한 방 맞고 오자

- 아들
뭔 병원을 또 가
어저께 가서 닝겔 한 대 맞고 주사도 맞었는시롱

- 어마니
근디 왜 아프다냐

- 아들
긍게 의사 선생님이 뭐라 합디여
무건 거 들지도 말고

....
5) 어깨.

가만히 방에서나 마당에서만 왔다 갔다
댕기라 협디여 안 협디여
머던디 이리저리
꼼디락꼼지락 험시러 일거리를 만드냐고
병원 갔다 오면 가만히 좀 쉬라 해도

- 어마니
암긋도 안 했어

- 아들
머시 암긋도 안 해
광으로 갔다가
물청개로 갔다가
저온 창고로 갔다가
장꽝으로 갔다가
바구리 들고
비니루 포대 들고
망포장 갰다 폈다 허드만
또 닭장 밑에서 삽 들고 난리드만 난리

- 어마니
글면 눈에 보인디 냅둬야

내가 손 하나 꼬득 안 허면 암긋도 아닌디

- 아들
워매 인자 별 소리를 다 듣겄네이
그냥 냅두랑게
내가 다 알아서 헝게
저렇고 억지를 부리면서
아프네 어찌네 저찌네 좀 허지 말고
성가세 죽겄네 정말로

- 어마니
워매 말은 잘허네
살림살이가 여자가 할 일이 있고
남자가 할 일이 있는 것이제
콩이며
고추며
팥이며 장마통에
눅눅해징거 햇빛 날 때 꼬독꼬독허게
말려야제 냅두면 곰팡이 쓸어서 버려야제
글고 집 안에서 가장 중요헝 거이
장꽝인디
니가 장꽝 장독아지 먼지가 텍텍 묵어 있어도

한 번이라도 따거 봤냐

- 아들
워매 마당에 먼지 구석인디
따거 봤자제 금방 먼지 찐디라
뚜껑만 잘 닫혀 있으면 되제

- 어마니
누가 오나 따나 더러욱 게 있으면
속으로 욕해
달구새끼 닭장 밑에도 닭똥이 쟁여져
더럽디아 안
고샅길가의 집이라 오다가다 훤히 보인디
깨끗이 해야제

- 아들
워매 다 헌당게 내가 알아서
내가 없으면 어찌까

- 어마니
느그 아부지 안 있냐

- 아들
워매
인디금 어마니 수발은 누가 했는디
그렇게도 아바니가 좋은갑네이
아바니는 나 몰라라 헝거 같으만

- 어마니
머시 나 몰라라 헌다냐
더수기 아픈 디 파스 붙여 주고
다리 아픈 디 주물러 주고 근디
알도 모른 것이 난리네

- 아들
글면 인디금 병원에는 누가 데꼬 댕겼소
나 없으면 어쨌을까 사나흘 걸러 병원 댕겼는디

- 어마니
느그 아부지 오토바이 안 있냐
젊었을 때부터 읍내 장 보러 갈 때나
병원에 댕길 때 오토바이 뒤에 타고 댕겼는디

- 아들

워매
인자 아부지도 심이 없는디
어찌고 오토바이 타고 댕기다
글다가 엎어지면 어찌라고

- 어마니
엎어지면 말제 어째야

- 아들
환장허겄네
헐 말이 없네이
죽어도 내 편은 안 들어 주고만이

- 어마니
뭔 그렁 것이 편들어 주고 말고 헌다냐
식구끼리

- 아들
허어 맞네 맞어 식구끼리

이렇게 오늘도 아들이 판정패

喜努哀樂(희로애락)이 함께하는
이 시간이 지나면
이 이 시간이 지나면
內面(내면)에 흐르는
또 한 그리움이 되리

녹색의 향연

녹색의 잎새는
마음이 안정된다
편안하고 생동감이다
잎새 사이사이 쭈뼛쭈뼛
내밀어진 얼굴들

하지 지난
이글거리는 태양
시원하게 내리치는 소나기
시커먼 먹구름
천둥 번개
또 한 시절
여름날 풍경이
차곡차곡 쌓여 가고 있다
녹색의 향연 속에서

논둑길

국민학교(초등학교) 가는 길
좁다란 논둑길
검정 고무신
한 줄로 한 줄로
미끄러질까
조심조심
기우뚱기우뚱 중심을 잡는다

하얀 눈 덮인 겨울 논둑길
황금물결 가을 논둑길
초록물결 여름 논둑길
파릇파릇 새싹물결 봄 논둑길

국민학교(초등학교) 가는 길은
검정 고무신
한 줄로 한 줄로
평화롭고 정겨운 논둑길

늙음

푸른 산은 늙지 않는다

늙음이라는 것은
인위적 임기가 있는 것에
한하여 붙여진 이름표

푸른 산은 늙지 않는다

맑은 물은 깊이 흐르는데
우리네 인생도 그리하면
얼마나 좋으련

푸른 산은 늙지 않는다

늙음이라는 것은
인위적 임기가 있는 것에
한하여 붙여진 이름표

大盜無門

큰 도적놈은
출입문이 필요 없다

대화 방법 1

- 어마니
나락 어디치 훑었다?
매상헐 놈 훑었다?
건조기가 엊저녁부터 도는 것 같드만
아침 내내 오래도 도요

- 아바니
내동 말헝게 그러네이
우선 식량 헐 놈 구렁배미논 거 훑었다고
어저께 건조기가 고장 나서 고치느라고
아침에 작동허게 해 놨다고
그렇게 돌제
엊저녁에 내동 말헝게 그러네이

- 어마니
글면 좋게 그렇게 갈쳐 주제
머던디 모가지에다 핏대 올려서 말허요

- 아바니

워매
아이 큰일 났다야
느그 엄니 노망기가 들었는가
내동 말을 해 줬어도
저렇게 엄헌 소리나 퉁퉁 해쌌는디
노망기가 들었다야 들었어

- 아들
머시 큰일이고 노망기어라
암긋도 아니구만
아버지가 괜히 역정을 내서 말씀헝게
엄니가 안 그요
맬급시 글겠소

- 아바니
뭐다
니가 같이 있어 봐라
뭔 말을 허면
구녕 묵은 소리나 퉁퉁 해쌌는디야
뭔 말을 허면 얼른 알아묵어야 쓴디
내가 복장 터진다

- 아들
아버지도 글먼 안 되제라
어마니는 뭐 묵을 거 있으면
아버지 젤로 먼저 챙기드만
오늘도 아버지 밥 입맛 없다고 허니께
무 생김치 담글라고
식전 아침부터
무 다듬고 계시드만
아버지도 그렇게 말씸허면 안 되제라
같은 말이라도
노망기가 뭐다요 노망기가

- 아바니
워매 저것도 지 어매 편만 드네이
관둬라 관둬

- 아들
누구 편드는 것이 아니라
이를테면 근다 그 말이제라

아침 밥상머리는
언제나 언쟁 아닌 언쟁

두 양반 다 귀 고장으로

큰소리로 해야

어느 정도 소통이 된다

이래저래 시간이 흐르면

이 시간도 그리움이 될진대

대화 방법 2

- 어마니
눈이 까실까실허니
팀새기[6]도 안 들었다 헌디 왜 그럴까이

- 아바니
그놈의 눈타령은 해도 쌌네이
그냥 놔둬 문지르지 말고

- 어마니
까실까실헝게 글제 뭔 말도 못 허게 허네

- 아바니
인자 우리 나이에는 병원에 약도 없당 안 헝가
긍게 그리 알고 그런갑다 해
그놈의 눈타령도 하루 이틀이어야제
밥상머리만 앉으면 고놈의 소리

....
6) 티끌.

- 어마니
위매 참말로 기가 막히네
쬐끔만 어찌면 병원에 들랑달랑은 잘허더만
인자 병원에 약도 없당허네

- 아바니
이를테면 근다 그 말이여
뭔 말을 허면 찰떡같이 알아무거야제
꽉 맥혀 각고 원
알고 복장 터지구만

- 어마니
자기가 당해 봐야 알제

- 아바니
사람이 참을성이 있어야제
내가 눈약 잘 넣어 주던가

- 어마니
어째서 이렇게 까실까실헐까잉
아이 애비야
수술해 불그나

- 아들
겁나게 아플 것인디
안 무섭겠소

- 어마니
얼매나 아플라디
아프면 냅둬 불제 어째야

- 아바니
저 봐라 말도 밥도 아닌 소리 헝거
근디 내가 복장 안 터지겠냐

- 아들
긍게라
아바니가 이해해야 쓰겠소
누님이 어리광 안 허요
ㅋㅋㅋ

- 아바니
이놈 자식이 놀리고 있네

- 어마니

애비가 옳은 말 허구만

- 아바니
위매 그 소리는 얼릉 들어온갑네

웃음소리 세 사람

道

生死(생사)는 出入(출입)

無(무)에서 有(유)로 나오는 生(생)

有(유)에서 無(무)로 들어가는 死(사)

삶과 죽음 무슨 차별 있으랴

長壽(장수)와 短命(단명)을

人力(인력)으로 어찌하랴

生死(생사)는 다 自然(자연)인데

삶에 대한 執着(집착)을 버려라

죽음이 감히 넘보지 못하리

주어진 대로 살고 죽으면

그게 바로 道(도)

生死(생사)는 하나이다

그게 바로 道(도)

두꺼비

어마니가 나보고
두꺼비 넙턱지가 왜 널부납작헌지 아냐?

왜 근다요?

옛날 어르신들이 글더라
마당에
두꺼비가 엉금엉금 기어가니까
두껍아
두껍아
니 넙턱지는 왜 널부작허니 납작허냐
그러자
두꺼비가
내 넙턱지는
정주아제 떡 방앗간 떡 치러 가는 길에
꼬랑창 뛰어넘다가
꼬랑창에 엎어져서
넙턱지가 널부럭 납작캥이가 되어 붓어라
했더란다

그래서 두꺼비 넙턱지가 널부럭 납작캥이 되어 붓단다

???

땅

땅을 가꾸는 농사일이라는 것
심신은 고달프다
그러나
그 열매는 풍요롭다
땅은
먼 옛날부터
지금을 지나
먼 훗날에도
우에 우에
우리 우리들
아래 아래들이
있어 왔고
있고 있어야 할
언제나 그 자리 터전이다

마당

아이
우리 집 마당은
강강술래 허면 좋겄어야
마당이 널븐께[7]
저 개새끼들 봐 바야
얼씨구
아조 좋아서 뜀박질헝거
아조 저것들 살판났어야

옛날에
그 하나노무거[8]
나락을 들판에서 져다가
나락베늘을
마당이 널벘응게 눌렀겄지야
애래서 너도 고생 많이 했어야
쬐깐헝거이

....
7) 넓으니까.
8) 많은 것.

지게에다가 대여섯 개
지고 댕기느라고

우리 집 마당은
강강술래 허면 좋겠어야
마당이 널븐께

아침 밥상 끝에
유리창 너머 마당을
건너보면서
어마니
아스라한 옛날 생각이 났을까?

마음

어마니
옷 못 쓰겄소
벗어 불시요
동냥치 옷 같어 가지고 못 쓰겄소
뭘라고 다 떨어지진 것을 꼭 찾아서 입을까이
영산포장 가서 이삔 거 사다 준 게 안 입고이
첨에는 좋다고 하드만

밸소리 다 허네
머시 동냥치 옷이여야
내가 좋은 게 입제
옷도 내 맘에 맞어야 입는 것이여
암굿이나 데고데고 입는다냐
떨어지기는 머시 떨어졌어야
오래돼서 색이 쪼까 바래서 글제
밸소리를 다 듣겄네

내가 냅부러 부러야 쓰겄구만
그래야 안 입제

넘들이 보면 욕헌딩게 욕해

내가 욕을 먹제
어마니 옷 한나도 못 챙긴다고

밸 오감지 같은 소리 허고 있네
가만히 놔둬 냅불기는 어따 냅부러야
내거 갖고 내가 입는디
뭔 욕을 헌다냐
그러거나 말거나 냅둬라
따습기만 허면 되제
그렁 거이 뭔 대수다냐
왜 내 맘을 니 맘같이 허냐
내 맘인디

???

메주

올해도 어김없이 메주는
뜨끈한 사랑방 아랫목에 띄워
지푸라기로 이쁜 옷을 입고
햇빛을 맞으러 지스락⁹⁾ 밑에 매달려진다

음력 이월 말날이면
메주는 깨끗이 씻기어
소금물에 담겨져 장을 만든다
간장독에 소금물 듬뿍 먹은 메주는
다른 장독에 차곡차곡 쟁여져
우리들의 먹거리 된장이 된다

메주는
어떨 때는 둥글둥글하게
어쩔 때는 네모 반듯반듯
어떨 때는 네모 찔쭉찔쭉
일 년 그날그날

....
9) 처마 끝.

할마니 손끝 기억으로
어마니 손끝에 따라서
만들어지고 있었다

올해도 어김없이 메주는
뜨끈한 사랑방 아랫목에 띄워
지푸라기 이쁜 옷을 입고
햇빛을 맞으러 지스락 밑에 매달려졌다

면민의 날

지방 행정 조직 단위 최일선
面(면)
코로나로 인하여 열리지 못했던
오늘은 우리 면민의 날 행사
27개 리 45개 마을 잔칫날
중학교 운동장에
각 리별 텐트가 쳐지고
사면에서 울려 퍼지는 대형 스피커 소리
흥겨운 풍물패
꽹과리
장구
징
피리 소리
배꼽을 자극하는 각설이타령
고가 상품이 걸린 면민 노래자랑
푸짐한 먹거리 음식
일상의 생활에서 벗어나
오늘 하루는
모두가 한마음 잔칫날

푸짐한 경품

넉넉한 함박웃음

오늘은 우리네 정이 살아 있었던

제26회 면민의 날 행사

목욕탕

둥글다
둥그렇다
궁둥이도 둥글고
유방도 둥글고
어깨도 둥글고
발가락도 둥글다

둥글다
둥그렇다
생명이 담기는 아랫배도 둥글다
그 속의 아기집도 둥글다
아기집에 담긴 애기도 둥글다

둥글다
둥그렇다
입도 둥글다
둥그런 입에서 나오는 말도 둥글다
둥글둥글 동그라미 속에 담긴
마음도 둥글다

생명은 늪흔 곳에서 싹을 되우고
싹 틔운 우주는 둥근 마음이 키우는가 보다
그래서 우주는
둥글게 둥그렇게 돌아가는 것일까?

무제

어제는 오늘의 과거
오늘은 어제의 미래
오늘은 내일의 과거
내일은 오늘의 미래

묵찌빠

감자가
싹이 나서
잎이 나서
묵
휘이 휘이 휘이
휘이 휘이 휘이
묵
찌
빠

감자가
싹이 나서
잎이 나서
찌
휘이 휘이 휘이
휘이 휘이 휘이
묵
찌
빠

감자가

싹이 나서

잎이 나서

빠

휘이 휘이 휘이

휘이 휘이 휘이

묵

찌

빠

방랑의 길손

방랑 길손의 가을바람
날씨마저
센티멘털에 더 한층 더해 주고
향방 없는 무작정
운전대 가는 대로
방랑 길손의 가을바람은
어쩌다 어른이라 했던가

휴전선 155마일
방랑의 길손의 가을바람
마음은 바쁜데
큼지막한 미시령 간판
예전의 기억을 더듬으며
휴전선 155마일 횡단

수년 전 강원도 나들이 들렀던
인제 원통 송어횟집 송어 한 사발
보는 이 없는
쓸쓸한 방랑 길손의 혼밥

오늘이 가장 젊은 날
떠나라
질풍노도의 기백으로
방랑 길손의 가을바람
날씨마저
센티멘털에 더 한층 더해 주고
향방 없는 무작정
운전대 가는 대로
방랑길손의 가을바람은
어쩌다 어른이라 했던가

오늘이 가장 젊은 날
떠나라
질풍노도의 기백으로

법

법은 아름답다
다 알면서 안 지키니 모순이지

법은 수학이다
문제가 정확하면 답도 정확하기 때문에

방귀가 맬급시 심부름시키겠어
오거든 말거든 했어야지
그러니
가거든 하는 거지

법은 아름답다
다 알면서 안 지키니 모순이지

병원에서 1

자
아침밥 왔어요 성산댁

어
벌써야 입이나 흔들어야 쓰겄다

아니 그냥 묵고 입 흔들게 밥 금방 온디

어 알았다

아니 밥이 쓰겄냐
생쌀이 뒹굴어 댕긴디

괜찮허구만 글구만이

옆에 할마씨 참견
병원에서는 어쩔 수 없어요 할머니 많이 하니께
생밥도 되었다가 그래요
이녁 맘에 맞게 묵을라면
얼릉 나서 갖고 집에 가야제

병원에서 2

어마니
아프면 누가 젤로 성가실까?

어마니는 눈만 말똥말똥

어마니이
아프면 누가 성가시냐고?

내가 성가시제
말도 아닌 놈의 소리 허네
아픈 내가 성가시제
누가 성가시다냐
말도 방구도 아닌 소리 허고 있네

병원에서 3

- 아들
아니 계단 난간대 위를 잡어야제
왜 아래 잡으가이

- 어마니
나는 계단 난간대는 항상 아래 잡어야

- 아들
왜라?

- 어마니
우게는 여러 사람들이 잡웅게
더러웁겄제

- 아들
워매 환장허겄네
대치나 어마니 말이 맞네 맞어
어찌 그렁 거는
깨끗헌치기 잘헐까이

- 어마니
물리치료헐 때 나는 꼭 수건 가지고 댕게야
베게에다 받치고 헐라고
여러 사람들이 안 쓰냐

- 아들
맞네 맞어
어찌 그렁 거는
깨끗헌치기 잘헐까이

복사꽃이 필 때

복사꽃이 필 때
어머니는
빨강 조끼 파란 모자 눌러쓰고서
날 닳아진 호미 자루 움켜쥐고
풀 호미질
연거푸 연거푸 호미 날은 찔러도
맨땅 풀들은 꿈쩍도 안 허네

복사꽃이 필 때
어머니는
빨강 조끼 파란 모자 눌러쓰고
풀 호미질
연거푸 연거푸 호미 날은 찔러도
선한 연분홍 복사 꽃잎만 흩날리네

세월은 저만큼 달려가고
마음은 자꾸만 뒤로 뒤로 가려 하는데
굽은 허리 한 번 펴기도 힘든 세상
맨땅 풀들은 어마니 손길을 그리워하는가 보다

선한 연분홍 복사 꽃잎은
어마니 주름가 얼굴을 덮고
꿀 찾는 꿀벌들은
한시도 쉬지 않고
수선을 떤 채
이 꽃 저 꽃 건너 건너 날갯짓하고 있었다

복사꽃이 필 때
어머니는
빨강 조끼 파란 모자 눌러쓰고서
날 닳아진 호미자루 움켜쥐고
풀 호미질
연거푸 연거푸 호미 날은 찔러도
이제는 힘에 부쳐
맨땅 풀들은 꿈쩍도 안 허네

봄 1

봄이 왔다
봄처녀의 가슴에도
봄총각의 가슴에도
봄 봄 봄
누가 계절 이름을
봄 여름 가을 겨울이라 지었을까?
봄
봄
봄

오늘은
어제 죽어 가는 이들이
그토록 살고 싶어 했던 내일이며
오늘은 남아 있는 시간들 중에서
가장 젊은 날
기나긴 엄동설한
동면의 계절을 넘어
봄이 왔다

봄 2

해는 하루가 다르게
낮 그림자를 길어지게 한다
닭장 속의 장닭은
새벽 목청을 다듬어
농부의 새벽잠을 깨우고 있다

봄이 왔다
산수유 앙상한 가지에 노란 꽃망울
매화나무 앙상한 가지에 하얀 꽃망울
복사꽃 눈꽃이 쭈뼛쭈뼛
2월 끝자락
꽃샘추위는 살갗을 에이고
올해는 음력 2월 공달이 들었다

봄 3

예전에는
해가 지면 달이 뜨고
달이 지면 해가 뜨는 줄 알았지
청천 하늘에 달이 보이는데
해가 뜨고 있었다
음력 보름달을 기준으로
그믐 쪽으로 갈수록
달이 아침 해와 만나는 시간이
점점 가까워지고
초순으로 갈수록 점점 멀어지고 있다
새로운 발견인 양

봄 4

동짓달 초아흐레 달이 중천에 걸리고
영산포 영산강 둔치 동섬 주변
겨울을 나는 유채밭
인기척에 지레 놀라
슝슝슝 물보라를 일으키며
달려 나오는 물오리 떼
섣달 초이틀 해는
서쪽으로
서쪽으로
넘어간다
어디서 오는 걸까
비행기 한 대 머리 위로 지나가고
늘어진 수양버들 연노란 잎새가
칼바람에 떨고 있다

봄꽃의 遺憾

동백이 피고

목련이 피고

개나리가 피고

진달래가 피고

벚꽃이 피고

복사꽃이 피고

梨花(이화)가 피었다

봄꽃들이 동시 다발적으로

피어 버리니

앞으로는

다음 꽃을 바라는

기다림이 없어져

계절을 잃어버렸다

계절을 잊어버렸다

모처럼

젊은 날

찰나에 사라지고

따사로움에 비켜 가는

뜨거운 계절 앞에 선

우리들은?

봄비

흐드러지게
보글보글 만개하는 벚꽃이
다 떨어질까
걱정되는 아침
봄비가 내린다

봄비는
그 마음을
아는지 모르는지
차욱차욱 내리고 있다

흐드러지게
보글보글 만개하는 벚꽃이
다 떨어질까
걱정되는 아침
봄비가 내린다

이 비 그치면
벚꽃은 가고 없겠지만

봄비

시샘을 멈추라

봄의 향연

라일락이 지고 작약에 물올랐다
오동나무 보랏빛 꽃이 피고
장미는 활짝

개나리 잎은 꽃이 되고
멀리 들판 보리밭 이랑엔
장끼와 까투리 꽃을 피웠다

펑퍼짐한 땅 위에 물이 고이고
냉이는 봄처녀 손을 탄다
철쭉 잎새는
꽃배암이 꽈리 꽃을 피웠다

봄이 가고 있다
소리 없이 와서는
흔적을 남기고
알 수 없는 근원을 향해 달려가고 있다

비상

신열 앓던 대지 위에
바람이 일렁인다
가을바람이

풍요로웠던 흔적으로
다녀간 시간들
마음은 그대로인데
잃어버린 기억의 저편
다시 오지 않을 시간을 찾아
둥지를 박차고 떠나는
날갯짓 새
강남 제비의 꿈
날아가 보자
날아가 보자
저 넓은 곳으로
여기 시간을 안고서
날아가 보자
날아가 보자
저 세상 너머로

신열 앓던 대지 위에
바람이 일렁인다
가을바람이

비 오는 날의 수채화

기다림
좀처럼 오지 않는 첫차
시골 버스 승강장
덩그렁
오색 우산 하나
빗물을 받는
비 오는 날의 수채화

동쪽 하늘에
해 그림자
비구름에 가리우고
동네 어귀 외딴집
아침을 피우는 굴뚝 연기

저 멀리
덩치 큰 시골 버스 불빛
빵빵
클랙슨 울림
그러면

곧

덩그렁 오색 우산 기다림도 끝나겠지

그리고

가고 나면

다시 적막이 흐르며

비 오는 날의 수채화는

여름을 재촉하겠지

빗자루

예전에는
눈도 눈답게 왔었는디
요즘은 머던 넘 머더대끼
눈도 뭣도 아니게
눈꼽마더끼[10] 오다가 말어야이
맬급시[11]
질가에만 어질러 뿐지구만
바짓가랭이만 멍처[12] 버린당께
예전에는
마당이라도 쓰는
재미라도 있었는디
눈도 눈 같어야제
괭이 새끼 오줌 깔기덱끼
찔끔찔끔 오다 말다
아이
하눌님도 노망났었그나

....

10) 눈곱만큼.
11) 공연히.
12) 적셔.

그래도

이 빗자루는 기억허겠지야이

뻐꾸기

뻐꾹 뻐꾹 뻑뻑꾹
무언가 아름다운 그리움을 찾아서
피안의 세계를 그리며 우는
뻐꾸기 울음소리

얌체의 대명사
뻐꾸기
뻐꾹 뻐꾹 뻑뻑꾹

남의 둥지에 알을 낳고
다른 새가 키워 주는
얌체의 대명사
뻐꾹 뻐꾹 뻑뻑꾹
무언가 그리움을 찾아
피안의 세계를 찾아 우는 것일까?
뻐꾹 뻐꾹 뻑뻑꾹

뻐꾹새

딱딱하고
단단함을 깨고 나오는 힘
어디서 나오는 것일까?
뻐꾹뻐꾹 소리뿐
좀처럼 모습을 보이지 않던
뻐꾸기
뻐꾹뻐꾹 소리에
짤깍짤깍
휴대폰 카메라 셔터 음
금세 날아가 버리네
머무는 시간이
짧아서 그럴까?
의심이 많아서일까?
매년 오월 초에 왔다가
팔월에 남쪽으로 떠난다고 하더니
뻐꾹 뻐꾹 뻑뻑꾹

사람은 과거에 얽매이지 않아야 하지만

사람은 과거에 얽매이지 않아야 하지만
추억을 지울 수 없기에
미래를 위하여
과거를 정리하며
기록으로 남기는 일은
너무 소중하다

촌음을 다투는
배움 길에서
인성을 키우고
인생을 배웠던
지난 학창 시절
순간순간들을
기억하고자 함은
우리 모두가 함께했던
시간대의 가치

구성원으로서의 울타리
때로는

기쁨과 슬픔의 갈림길에시
때로는
노여움과 즐거움의 갈림길에서
울타리는
생사고락을 함께했던
공감하는 인간미

사람이
살다 보면
현실에 지쳐서
과거를 상상하면서
추억을 더듬거려 본다

사람은 과거에 얽매이지 않아야 하지만

사랑

봄○○는 무쇠를 녹인다
가을○○는 무쇠판을 뚫는다

처음에는 모르는 사람끼리
만나서
천천히 알아가면서 살다가
나중에는 모르는 사람일까? 두렵다

질투
싸움
언쟁
화해
망각이 점점 짙어지면서
서로 모르는 사람이 되어질까
두렵다

봄○○는 무쇠를 녹인다
가을○○는 무쇠판을 뚫는다

그렇게 세월은 사랑으로 지나간다

사랑의 기도

잎새가 지고
청잣빛 노을이
짙어지는 날
나는 너에게
아름다운 시를 들려주리라
그대 만일 날
사랑해야 한다면
오직 사랑을 위해서
날 사랑해 주오
내 뺨에 흐르는
눈물 닦아 주는
그대 연민으로
날 사랑하지 마오
그대 위안을 오래 받았던
당신의 사랑을 잃을지 모르니

하늘 너머
슬픔이 젖어 오는 까닭에
그대 만일 날

사랑해야 한다면
오직 사랑을 위해서
날 사랑해 주오

사랑한다는 말

청색 하늘을 이고 나는 걸었다
새벽안개 뽀오얀 오솔길

내가 당신을 사랑한다는 말은
한쪽 바람에 흔들리는 나뭇가지

당신이 나를 사랑한다는 말은
무수한 별을 한꺼번에 쏟아내는 거대한 밤하늘

우리 서로 사랑한다는 말은
가시덤불 속의 하얀 찔레꽃

산다는 의미

눈을 뜨면 아침이고
돌아서면 저녁이고
세월이 빠른 건지
우리 마음이 급한 건지
세월은 참 빨리도 갑니다
그래도
산다는 것이 그것만으로도
의미는 충분하지요

삶

삶의 일부분을 스치고
지나간
비어 있는 자리
하나
둘
셋
그리고
나

가져 보지 못한 사람들이
조그맣게 조그맣게
그대로 살아가는 하늘 아래
하나
둘
셋
그리고
이 땅

때로는 허탈에 빠져

허우적거리고
때로는 눈물이 휘몰아치도록
박장대소를 하고
너무 기뻐도 큰일
너무 슬퍼도 큰일
그 빈자리를
喜(희)와 悲(비)가 공존해 간다

상념의 노래

기다리는 사람 없고
또다시 밀려오는 파도 소리
내가 가야 할 곳은
수평선 저 끝닿는 허공의 빈자리
아무도 반기지 않는 세월의 흐르는 시각
파도만이 파도만이
내 가슴을 때린다
나 외로이 이 자리에 서서
지나간 슬픈 애기
지나간 아름드리 애기

사랑을 할 때는 울어도 기쁜 일이라
이별을 할 때는 웃어도 슬픈 일이라
제 못난 탓하며
원망하거나 미워하지 말자
단 시일 내에 잊혀지지 않는 아픈 사랑이지만
포용되는 말
세월이 가면 잊혀진다는 말
그 평범한 진리 속에 접어 묻으리라

상처가 곪아 터졌다
심장을 찌르는 아카시아 가시의 핏발 서린 아픔
잊어야 한다고 다시 생각하면
그 짧은 만남이 큰 바위 얼굴처럼
연민의 기다림으로 시야를 가리우며
청색 하늘 끝닿는 곳에
핏빛 낙조가 물들었다

살으려 살으려진들
산사의 밤은 깊어만 가는데

새뱅생이[13]

전에 전에
어마니 예술 작품
새뱅쟁이들 허세비[14]는
온데간데없고
아무런 느낌 없는 허상들만
꽂아져 있다

세월에 장사 없듯
어마니 또한
허세비한테 시간을 내주기에는
그만큼 힘에 버겁다는 것일 테지
마음은 더 무서운 모습으로
더 익살스런 모습으로
만들어
곡식을 지키고 싶은데

---

13) 허수아비.
14) 허수아비.

전에 전에
어마니 예술 작품
새뱅쟁이들 허세비는
온데간데없고
아무런 느낌 없는 허상들만
꽂아져 있다

새해 기도

갑진년 새해가 밝았다
새해에는
분열과 갈등이 없는
분노와 미움이 없는
고발과 고소가 없는
트집과 억지가 없는
반칙과 위선이 없는
한숨과 눈물이 없는
불평과 불만이 없는
사고와 사단이 없는
자연이 주는 아름다움과
정의로운 사회가 되게 하소서

세월 1

눈보라에 사는 바위처럼
하늘에 사는 구름처럼
씨앗이 땅을 뚫고 와 웃어 보일 때부터
세월은
영원히 흐름 속에
나를 지치게 한다

굽이치는 산모퉁이
바람이 일면
알 듯 말 듯 알 수 없는
생명으로 인도하는
손짓은 고웁다

만나면 서로 웃고
즐거움의 씨앗들을 뿌리면서
반가움들이 입가에 오가는
헤어지면 서로 울고
아쉬움의 씨앗들을 뿌리면서
언젠가는 서러움들이 입가에 오가는
나는 가난한 시간을 달랜다

세월 2

모두들 웃고 지나가 버린 시각
어디로 어둠은 흘러
세월은 가도 끝은 없나 보다

얼굴 가까이 포개어 다가오는
이름 모를 환상의 나래여
난 내가 좋다
난 네가 좋다
어쩌면 이렇게
어둠이 흘러
세월은 가도 끝이 없나 보다

내 인생
모두 짊어져 갈 모든 이들의 세월
미움도 원망도
난 내가 좋다
난 네가 좋다
어둠이 흘러
세월은 가도 끝이 없는가 보다

소녀 1

소녀야
온갖 그리움을 아무도 모르게 간직했었지
그렇게 흘러 버린 세월이지만
너를 잃어버리고 밤하늘 별만을 헤아리던
마음속의 슬픔을 감춰 둔 채로
남몰래 간직한 나만의 사랑이었기에
웃으면서 잠들려 했지

소녀야
새로운 하늘이 열리고
새로운 삶이 시작되어지고
낮과 밤이
해와 달이
언제나처럼
바뀌어 가지만
그대를 향한 나의 마음은
아무것도 없었던 것처럼

소녀 2

숲가에 까치들 금빛에 자우를¹⁵⁾ 때
나는 홀로 길을 갑니다
잔디 불태우는 연기 속에서
농부의 아이들이 뛰어 놉니다

소녀야
당신을 나의 사랑입니다
식어 감을 따스하게 감싸 주는
그런 나의 사랑입니다

소녀야
당신은 나의 꽃입니다
나의 가슴에 영혼의 향기를 불어넣어 준
예쁜 꽃입니다

소녀야
당신은 나의 심장입니다

....
15) 잠이 와서 조는 모습.

심장의 고동 소리를 들으며 오늘 하루

반성할 수 있는

그런 생명의 심장입니다

소녀 3

우리가 걷던 이야기는
그대와 내가 노닐던 곳에
그대가 있고
내가 있었지
소녀야
내가 사랑했던 소녀야

지금은
내가 사랑했던
그 소녀는 가고 없다

소녀야
내가 사랑했던 소녀야
너와 내가 거닐던
그때의 기억은
어디로 갔을까?

소녀 4

누군들
사랑이라는 말을
해 보지 않은 사람이 있을까요

누군들
이별이라는 말을
해 보지 않은 사람이 있을까요

누군들
행복이라는 말을
해 보지 않은 사람이 있을까요

소녀여
소녀여
그 아름다움이
내 가슴속에 간직되어짐은

소녀 5

눈이 내리고 있다
알 수 없는 곳에서 떨어져 내리는
누군가 마냥 그리워하게 하고 고독하게 한다

겨울의 잎새 뒤에
회한의 눈물이 뒤범벅이 된 채
소외된 인간 철새

퇴색되어 버린 검은 아스팔트 보도 위엔
쓸쓸한 겨울의 소리를 안고
소녀들의 굽 높은 발소리만이
밤을 점점 깊어 가게 한다

소녀 6

햇빛이 따스하게 내리기 시작했다
북서풍은 한없이 퍼붓는데
내 작은 영혼은 하나의 점이 되어
끝없는 청산 밖에 있다

빛바랜 바바리코트에 끼어 매어 달린
굽 높은 소녀의 발걸음
저 높은 하늘에 달은 까만 숯이 피어 가고
아무리 고독하고 외로운 시간의 연속이라 할지
내가 바라는 시간은 어디메쯤에서 오고 있을까?

내 작은 영혼이 청산 밖에 있을 때
나는 다시 원점을 향해서 무거운 짐을 지운
사랑의 노예가 되어야 한다

따뜻한 커피 한 잔이 그리워지는 시각
소녀야

소쩍새

소쩍소쩍 소쩍새
피 한 방울이 꽃으로 피어나면 진달래꽃
피 한 방울이 나무로 피어나면 자귀나무꽃
지금은 진달래는 가고 없다
소쩍새 피 한 방울이 나무로 피어나
자귀나무 꽃망울

그 옛날
숱쩍숱쩍 숱쩍다
모진 시집살이
며느리 넋이라도

소쩍소쩍 소쩍새
피 한 방울이 꽃으로 피어나면 진달래꽃
피 한 방울이 나무로 피어나면 자귀나무꽃

슬픈 노래

가만히 있어도
눈물이 나

엄마 아빠는
너를 잊고 어떻게 살아가야 하나
우리 애들아 어디에 있는 거니
아 슬픈 노래에 눈물이 가려
어제도
오늘도
내일도 눈물이 나

애들아
아들아
딸들아
엄마 아빠는
어제도
오늘도
내일도 눈물이 나
가만히 있어도

눈물이 나

아 슬픈 노래에 눈물이 가려
세월호

詩人

깊은 수렁의 하늘은
안개가 피어나고
내 맘속에
또 내가
서로 부딪치며 흘러가고 있다

깊은 수렁의 늪은
시인의 주사위를 던져 버리고
붓을 꺾게 했다
운명의 時針(시침)은
朝春(조춘)의 새벽안개를 머금고
부질없는 과거는
새벽 산사의 깊은 번뇌로
의미는
마음에 조금이나마 단정이 되어 가는데

是日也放聲叱責

檀君王儉(단군왕검) 四千三百五十五年(4,355년)

分團祖國(분단조국) 七十七年(77년)

統一念願(통일염원) 六十九年(69년)

悠久(유구)한 歷史(역사)와 傳統(전통)에 빛나는

七千萬(칠천만) 同胞(동포)여 恨(한) 많은 韓民族(한민족)이여!

松花江(송화강) 上流(상류) 휘몰아치는 氣魄(기백)이여!

白頭山(백두산) 精氣(정기)뻗은 높은 氣像(기상)이여!

漢拏山(한라산) 푸른 精氣(정기) 이 겨레 보살핌이여!

그러나

지난 몇 년간 코로나19로 인하여

나라 전체가 지칠 대로 지쳐 버린

現實(현실) 속에서도 傳染病(전염병) 終了(종료)의

한 가닥 希望(희망)을 가지고

政府(정부)나 國民(국민)들 간에 信賴(신뢰)의 폭을 늘리며

苦痛(고통)을 이겨 왔으나

이제 그 苦痛分擔(고통분담)의

限界値(한계치)에 다다라 있는 狀況(상황)에서

나라의 큰 大事(대사)를 앞두고

바르게 이끌어 갈 꿈 棟樑(동량)들이

政策對決(정책대결)은 안중에 없이

서로 간에 準備(준비)된 者(자)니

準備(준비) 안 된 者(자)니

經驗(경험)이 있는 者(자)니

經驗(경험)이 없는 者(자)니 하면서

政治智略(정치지략)은 失踪(실종)되어 버리고

온갖 폭로나 루머들이 난무하고

도토리 키 재기 난장이들의 진흙탕 싸움짓거리들뿐이다

털어서 먼지 안 나랴마는

그래도 털어도 털어도 먼지는 먼지일 뿐이어야 한다

立冬(입동)이 오고

小寒(소한)이 오고

大寒(대한)이 오면 추운 겨울

우리에 이웃이 있기에 내가 따뜻하다는 것을 느끼면서도

立春(입춘)이 지나고

雨水(우수)가 지나고

驚蟄(경칩)이 지나

春來不似春(춘래불사춘)이라

봄은 이미 와 있으나

봄이 아니니

昨今(작금)의 作態(작태)로 인하야

우리들로 하여금 편안함의 시간을 보내는 것조차
부끄러워해야 하는 것인가?
가짜 햇볕에 가리워진 따스한 햇빛은 어디로 갔는가?

普遍的價値(보편적가치)의 公正(공정)과
常識(상식)이 통하는 사회
大韓民國(대한민국)의 꿈
"하늘엔 조각구름 떠 있고
강물엔 유람선이 떠 있고
저마다 누려야 할 행복이
언제나 자유로운 곳
아아 대한민국 아아 우리조국 아아 영원토록 사랑하리라"
이토록 아름다운 大韓民國(대한민국)을
흥겨웁게 외쳐 대던 기억의 저편
아스라한 기억들이
選擇(선택)의 自由(자유) 이전에
우리는 우리들로 하여금
편안함의 시간을 보내는 것조차
부끄러워해야 하지 않는가 말이다

國民(국민)으로부터 부여받은 權力(권력)은
오로지 國家(국가)와 法律(법률)이 정하는 바에 따라

國民(국민)을 위하여 쓰여져야 한다

昨今(작금)의 作態(작태)는

權力(권력)의 私有化(사유화)에 따른

疑惑(의혹) 등으로 인하여

信賴(신뢰)와 權威(권위)는

땅으로 곤두박질

나라에 돈이 없는 것이 아니라

도둑넘들이 넘 많아서

곳간이 비워 간다니

그 참담함이 어찌 忿怒(분노)하지 않으리오

民心(민심)은 天心(천심)이라 하였으니

손바닥으로 하늘을 가릴 수는 없는 법

廉恥(염치)가 도를 넘으면

自慢(자만)이다

自慢(자만)이 도를 넘으면 뻔뻔함이다

뻔뻔스러움이 도를 넘으면 醜(추)하다

그 醜(추)함이 도를 넘으면

無代策(무대책)이다

일말의 良心(양심)이 부끄러움을 모른다면

살아 있어도 살아 있지 않은 빈껍데기 虛像(허상)일지니

모름지기 政治(정치)는 私心(사심)이 없어야 한다

털어도 털어도 털어도 먼지는 먼지일 뿐이어야 한다

選擇(선택)받고자 하는 者(자)

政治(정치)란 바르게 이끌어 가는 것

正道(정도)를 가는 것이지

野合(야합)과 權謀術數(권모술수)가 아니다

옛 말씀에

老覺人生萬事悲(노각인생만사비)라

늙어서 생각하니 세상만사가 아무것도 아니었는데

憂患如山一笑空(우환여산일소공)인 것을

태산 같은 걱정도 한 번 소리쳐 웃으면 그만인 것을

人生事空手來空手去(인생사공수래공수거)뿐

인생사 모두 빈손으로 왔다가 빈손으로 가는 것인데

이렇게 正直(정직)하지 않을 아등바등할 이유가 없지 않느냐

내가 너로 하여금 큰 富(부)를 이루고

너에게 萬福(만복)을 주어

너에 이름을 창대케 하리니 福(복)을 얻을 것이다

혹시라도 이렇게 헛된 妄想(망상)에 사로잡혀

善良(선량)한 國民(국민)들로 하여금

憎惡(증오)에 불을 지피우고

眞實(진실)들은 魔女(마녀) 뒤에 숨어

辨明(변명)아닌 變名(변명)으로 點綴(점철)되어

지랄들이 지랄들이 豐年(풍년) 들어가는데

모름지기 勇氣(용기)를 뒷받침하여 주는 것은

修身齊家治國平天下(수신제가치국평천하)라 하였거늘
한 번이고 두 번이고 백 번이고 수만 번이고 되새겨야 할 것
이다
滿天下(만천하)에 비웃음거리로 嘲弄(조롱)받는
身世(신세)는 되지 말아야 할 것 아닌가 말이다
진정한 勇氣(용기)는 廉恥(염치)를 아는 것
부끄러움을 아는 것이다
그래서 棟梁(동량)은 거저 되는 것이 아니다

韓半島(한반도) 全域(전역)의
兩分(양분)된 憎惡(증오)가
기쁨으로 昇華(승화)되어
그 기쁨의 시간으로
民草(민초)들의 눈에
더는 忿怒(분노)와 憎惡(증오)의 시간이 없기를
간절히 간절히
아!
大喝一聲(대갈일성)하야
時日也放聲叱責(시일야방성질책)하노라!

시절 인연 1

나는
담배 한 개피 불을 지폈다
떠오르지 않는
그 어느 날을 위해

가장 좋은 나이에
가장 좋은 얼굴에
가장 좋은 시절에
같은 꿈을 꾸면서
같은 산소를 마시며
같은 시간 속에서
시절 인연으로 살았던
산다는 것이
때로는
술에 취하듯
빙빙 돌아
땅이라도 모아지기라도 한다면
예전에 사람들을
만날 수 있을까?

부릅뜬 눈
찢겨진 몸뚱이 얼싸안고
춤이라도 출 수 있을까?
남겨진 흔적들은 그대로인데
있어서
기쁨을 나누어야 할
그 사람들은 없다

산다는 것이
때로는
술에 취하듯
땅이라도 빙빙 돌아
모아지기라도 한다면
예전에 사람들을 찾아
민주 춤판이라도
신명나게 추어 보련만

무심한
담배 연기만
하늘로
하늘로만
날고 있었다

시절 인연 2

가장 좋은 나이에
가장 좋은 얼굴에
가장 좋은 체력에
가장 좋은 시절에
우리는 시절 인연으로 살아갑니다

같은 꿈을 꾸면서
같은 산소를 마시며
같은 테두리 안에서
같은 시간 속에서
우리는 시절 인연으로 살아갑니다

가끔은 생각을 하면서
가끔은 보고도 싶어지며
가끔은 후회도 해 보면서
가끔은 표적만 만지작거리며
이렇게
살아가는 우리는 시절 인연입니다

시절 인연 3

뜨르릉 뜨르릉
뜩각
여보세요

여보세요
핸드폰으로 들려오는
반가운 목소리
삼십여 년 지났어도
금방 알 수 있는 목소리
반가운 목소리

건강하게 잘 지내셨어요?

어머 뭐야 어떻게 이렇게
어떻게 연락할 생각을 하였데?

서재 구석지에 숨어 있던
편지 묶음 속에서
우리의 시절 인연으로

목소리 들네요

나를 기억하고 있다는 사람에게서
메모가 전달되고
모르는 연락처에
그래도 나를 기억하고 있다는 생각에
연락을 하는 게 예의라고 생각해
전화하니
목소리 들네

이렇게
기억의 저편에서
달려오는
시절 인연의 향기는
그 시절의 행복이었다

시절 인연 4

누군가의 뒷모습이
보이기 시작하면
사랑이 시작된다고 합니다

앞모습 옆모습
수없이 지지고 볶아 오는 세상살이가
누군가의 뒷모습이
보이기 시작하면
그때부터 사랑이 보인다고 합니다

생면부지의
남자라는 사람과
여자라는 사람이
서로 만나서
부부의 연을 맺고
알콩달콩 살다가 살다가
누군가의 뒷모습이
보이기 시작하면
사랑이 보인다고 합니다

우리는 모두 다

시절 인연이기 때문이겠지요

신 시일야방성대곡

檀君王儉 四千三百四十三年(단군왕검 4343년)

分斷祖國 六十五年(분단조국 65년)

統一念願 五十七年(통일염원 57년)

悠久(유구)한 歷史(역사)와

傳統(전통)에 빛나는 七千萬 朝鮮人이여!

限(한) 많은 韓民族(한민족)의 몸부림이여

松花江(송화강) 上流(상류)에

휘몰아치는 氣魄(기백)이여

白頭山(백두산) 精氣(정기) 뻗은 높은 氣象(기상)이여

漢羅山(한라산) 푸른 精氣(정기) 이 겨레 보살핌이여

아! 그것은 念願(염원)한 幻想(환상)의 忘却(망각)인가

昨今(작금)의 世態(세태)는 어이하여

驚蟄(경칩)이 지나고 春分(춘분)이 지나고

추운 겨울

내 이웃이 있기에

내가 따뜻하다는 것을 느끼면서도

어쩌면 그네들이 있기에

우리들은 이처럼

편안함의 시간을 보내고 있지 아니하는지?

春來不似春(춘래불사춘)이라

봄은 이미 성큼 다가왔으나 봄이 봄 같지 않다

햇빛은 어디로 갔는지

도무지 나오질 않는다

지난 3 · 26 금요일 밤

韓半島(한반도) 全域(전역)은

엄청난 걱정과 눈물과 한숨과 경악으로

衝擊(충격)에 휩싸이고

점점 타들어 가는 애간장과 함께

分秒(분초)를 다투어야 할 시간은

멈춤이 없이 지나가고 있다

깊은 深海(심해) 속 깜깜하고 차거운 물속에서

얼마나 공포 속에서 몸부림을 치고 있으리

얼마나 무서움 속에서 몸부림을 치고 있으리

살려 달라고 얼마나 소리 질렀을까?

어서어서 바다에서 나와

엄마 품에 안겨라

마흔다섯 아흔 개의 눈동자들이여!

한 가닥 실낱같은 希望(희망)의 끈을 놓지 못하고 있는

사랑하는 가족들의 울부짖음과

애간장 녹는 소리들이 들리지 아니한가

緊急命令(긴급명령)이다

속히 歸還(귀환)하라

오직 살아서 歸還(귀환)하라

그 슬픔과 哀痛(애통)함을

그 눈물을 닫기 위해서라도

어서어서 希望(희망)의 朗報(낭보)가 전해지기를

두 손 모아 간절히 간절히 기도하자

꼭 살아 있을 것이라고 믿기 위해 붙들고 있는

希望(희망)의 希望(희망)의 끈이기에

하지만

지금 이 시각 현재

서해 바다 야속한 바다는

심술만 부리고 있다고 한다

"서해 바닷속 12박 13일 300시간의 死鬪(사투) 기적의 生還(생환)"

希望(희망)의 朗報(낭보)가

전해지기를 간절히 간절히 기도하오니

기적이 일어나게 하여 주소서

韓半島(한반도)의 全域(전역)의 슬픔이

기쁨으로 昇華(승화)되게 하여 주소서

기쁨의 시간을 더디게 하지 마시옵소서

民草(민초)들의 눈에 더는 눈물 날 없게 하여 주시옵소서

아! 哀痛(애통)하여 목 놓아 우노니

新 高麗葬

밭 언덕배기 은행나무 한 그루
노랑 빛깔이 너무 곱다
그대로만 있어 준다면
그대로만 있어 준다면
시간은 더디 갈 터인데
갑자기 불어닥친
겨울 삭풍 한동이
우수수 우수수
땅바닥에는
노랑노랑 비단길
질겅질겅 밟아 보지만
그 고운 빛깔은 없다

잎새 한 장 없는 앙상한 가지
가리어 줄 것도 없이
벌거숭이 되어 버린 나무
낯익은 새 한 마리 앉았다가는
쉬지도 않고
훌 날아가 버렸다

부대끼는 세월
바람이 잘 날 없었던
내 가지들
내 가지들
시간을 비비며
서로를 보듬고 보듬어
그 가지들의 가지들
예쁘게도 예쁘게도 자랐지

구릿빛 주름
구부러진 허리
급박하게 돌아갔던 세상살이
흔적으로 남아
매서운 겨울 삭풍에
지금은 떨고 있다

인적이 끊긴 숲속
유리창 너머 흰 눈은 펑펑 쏟아지고
조그만 상자에 비춰진
낯익은 얼굴들
정다운 목소리
저만치 기억을 훔치는 자

뒷발[16]은 자꾸 자꾸 동동거림으로

눈언저리 한편에서는

회한의

망설임일까?

기다림일까?

창문 너머 흐려진 얼굴들

주마등처럼 스치는데

만날 수 없는 사회적 거리

희미한 기억들

애써 애써 찾으려 해도

누군가에 의한 울타리 벽에 막혔다

아득한 그 옛날

꽃구경 가는 지게 위에서 솔잎을 따다가

한 움큼씩 한 움큼씩 뒤 뿌려 주던 어마니 마음은

버려진 지게를 다시 짊어지고 뒤따랐던

영특한 손자의 마음으로

시간이 더디 갈 수 있었을까?

임자

....

16) 발뒤꿈치.

담배 한 모금 생각나는구려

영감

이제 우리 가지들 힘들게 말고

그냥 갑시다

우리들 시간 속으로

아! 세월호

2014년 4월 16일 오전 8시 58분
전라남도 진도군 조도면 병풍도 북쪽
1.8마일 해상 팽목 울돌목
한반도 평온했던 아침

그리고
남쪽 바다에서의 비보

아! 세월호
가만히 있어도 눈물이 나네
우리 애들아 어디에 있는 거니
우리 아들아 어디에 있는 거니
우리 딸들아 어디에 있는 거니
아! 슬픈 노래에 눈물이 나네

땅이라도 빙빙
바닷물이라도 빙빙 돌아
4월 그 잔인했던 그날 전으로
모아지기라도 한다면

다시 볼 수 있을 터인데
우리 애들아 어디에 있는 거니
우리 아들아 어디에 있는 거니
우리 딸들아 어디에 있는 거니

바다는 잘못이 없는데
파도는 잘못이 없는데
분노의 시간은 흐르고 흐르고 흐르고
노란 리본은 하늘로 하늘로 날고 있다

4월은 잔인한 달
아름다운 봄을 역설적으로 표현했던 그 말
그 4월이 세월호와 함께 오가며
눈물은 마를 날이 없다

바다는 잘못이 없는데
파도는 잘못이 없는데
분노의 시간은 흐르고
진실은 그 어디에?

아내의 자리

끊임없는 미련과 아쉬움을 뒤로하고
갑갑하기만 하던 가슴속을 해소시키지
못했던 그날
진눈깨비가 흩날리고 있었다

감기에 쿨럭이는 돌배기 사내애를 둘러업고
아내는
목포행 기차를 탔다

차창으로 근심 패인 아내의 얼굴이 사무쳐
진눈깨비 하늘로
나는 시선을 둔 채
잠시 정지되지 않는 시간을 부르고 있었다

어제가 가 버린 오늘
오늘이 가 버린 시간 속에
사랑이 아프면 눈물이 나고
눈물이 슬프면 사랑이 슬퍼짐인가

모두가 남이 아닌

남이 되기 싫은 까닭에

우리는 아무 말도 하지 않았다

돌아오기를 기다리는

나의 시작과

돌아올 날을 기다리는

아내의 시작을 남긴 채

진눈깨비 타고 열차는 떠나갔다

떠나간 자리

다시 다음에 올 시간을 위하여

진눈깨비 하늘로

나는 그 무엇을 부르고 있었을까?

우리는 아무 말도 하지 않았다

가난이 대문 열고 들어오면

애정이 창문 열고 도망간다 했던가

아침 대화 1

아바니는
오늘도 아침상을 물리자마자
옷을 자그러니[17] 입고
나갈 채비를 서두른다
못마땅한 표정의 어마니

- 어마니
곡가[18] 입고 어디 가요?
이발도
어서 했간디 좀 좋게 허제마는
머리빡이 쪼빡[19] 엎어 논 거 같이 어디 쓰겠소
한마디 톡 쏜다

- 아바니
머시 쪼빡이여

....
17) 깨끗하고 단정하게.
18) 예쁜 옷.
19) 바가지.

아이고 저놈의 말헌 뽐새[20]허구는

나 원 참

다들 이쁘다 허기만 허더만

트집 잡을 것이 없으니

암긋도 아닌 것을 트집 잡구만이

나갔다가 올 것이여

- 어마니

오토바이 자리도 탈탈 한번 털고 앉으시요

밤새 개데기[21]들이 밟고 댕겼응게

저그 바지가랭이 내리시오

홀쳐매졌구만

- 아바니

아따 조노메 잔소리께나 해쌌네이

와따메

오늘 안 들어와 부러야겠구만

부르르릉 부르르릉

....

20) 표정.

21) 고양이.

오토바이

설거지 하다 말고 뒤돌아보는 아들

- 아들
어마니도
아바니 손잡고
따라가제 마는 그러요
맬급는 머리 이발 트집 잡지 말고
오토바이에 먼저 타 불고 있어 불제이 그네이

- 어마니
안 갈란다
느그 아버지는 인정머리라고는
눈곱만큼도 없어야
같이 간다 치면
내가 따라 오든지 말든지
혼자만 핑 허니 저만치 가 분디야
다른 남자들은
자기 여자들 꼭 손잡고 글던디
느그 아버지는
그런 재미라고는 없는 양반인디

따라가서 뭣 허게야
내 속만 상허제

- 아들
워따메 말은 그렇게 해도
어마니는 아바니
허벌나게 생각험시로 그러요
뭐 새론 거 먹을 거 있으면
아바니 먼저 챙김시로
만져 보도 못 허게 허면서 그러요
나 원 참

- 어마니
옛날에 어쩐지 아냐
내가 잊어불도 안 헌다
니가 국민핵교 댕길 땔 거이다
동네 사람들허고 동네 일로
광주 양동시장인가를
갈 일이 생겼는디
시장이 겁나게 큰 게
어디가 어딘지도 모르겄드라
글면 느그 아버지가 나를 챙겨야 쓸 거 아니냐

따라오든가 말든가

내팽개치고 혼자만 핑 허니 가 분디

내가 좋겄냐

내가 하도 성정²²⁾ 나서

시장 골목으로 숨어 부렸다

느그 아버지 어찐가 볼라고

사람이 많은 게 어디가 어딘지도 모르겄드라

한바트면 나도 질²³⁾ 잃어불 뻔했어야

다행히 동네 동창 양반 만나서

버스 탄디까징 간께

거가 있어야

머더고 인자 오냐고 헌디

느그 아바지는 찾도 안 했는갑서

그런디 내가 따라가고 싶겄냐

- 아들

대치나 글겄소이

아바니는 어째 그럭게라

긍게 나도

....

22) 성질.

23) 길.

170

아바니 닮았는 갑서라

옆에 얼룽얼룽 따라와야 헐 거인디

여편네들은 뭔 넘의 해차리[24]를 그렇게 헌지

나도 펑펑 가 부러라

ㅋㅋ

- 어마니

사는 거

별것 없어야

오순도순 살어라

손도 잡아 줄 때는 꼬옥 잡아 주고

그렇게 살아도

모자라더라

그래도 느그 아버지가 좋은 게

이태껏 살았제

안 좋으면 살았겠냐?

....

24) 하는 일에 마음 두지 않고 다른 짓을 하는 것.

아침 대화 2

- 어마니
아니
또
어디를 간디
밥숟가락 빼자 말자
단장을 헐까이

- 아바니
돈 벌러 가네

- 어마니
돈 벌어서 어따 두간디

- 아바니
곳간에다 쟁여 놓제

- 어마니
곳간에 암만 찾아도
돈 캥이는 구경도 못 했소

- 아바니
뭔 놈의
강짜를 부릴까이
인자 졸업을 헐 때도 되었구만

- 어마니
다비짝도 세수헐 때 주물주물해서
빨랫줄에 널면 될 것을
휘짜부딱 떵게 노면 아조 장땡이랑게

- 아바니
위매
내가 못살겠구만
나가서 안 들어와 부러야제

오토바이
부르부르릉 부르렁

- 어마니
안 들어오면 어서 밥이나 얻어묵간디
저렇고 속이 없어

오늘도 아침 대화는
이렇게 시작되었다

안경 너머 세상

이제 그는 가고 없다

푸른 하늘처럼
보리
눈 성큼 자라 이삭이 났고

삐비꽃 톱밥 난로
얼굴
스물스물거린다

왠지 모르는 서러움은
또 다른 하루가 간들
잘 먹지도 않은 분(粉)이 오르고
나 스스로도 알지 못한
벌거숭이 모습

안경 너머 세상에
봄은 오고 있었지만

이젠 그가 가고 없다

양장 시조

가을

철늦은 매미 떼 퇴색된 나무 잎새 울고
하늘은 감나무 홍시를 받치고 있네

코스모스

가는 허리 맵새 곱게 단장하고
나그네 가는 길 반겨라 좋구나

난초

무디인 칼날처럼 푸름한 가는 잎새
군장 졸 호위하에 대장군 탄생하네

여인

청포 담근 물에 머리카락 빗어 올리매
빠알간 댕기 옥색 치마 바람에 나빌레라

참새

무꽃 장다리꽃 하이얀 세상 소복이 이고서
수숫빛 닮은 수다쟁이 잔칫집 나들이 가네

어느 날

바람에 나부끼며 사라져 가는
아쉬움을 가득히 안고
소리 없이 떨어지는 나뭇잎

나뭇잎 하나에 추억과
나뭇잎 하나에 쓸쓸함과
나뭇잎 하나에 동경이
차가운 눈망울에 몸부림치다
외로움에 지쳐 버린 눈망울
가련한 소녀의 마음 위로
정처 없이 흘러간다

외로이 떨어지는 나뭇잎 위로
소리 없이 지나치는 바람이
눈망울을 차갑게 한다
어느 날

억새와 새

억새와 새
무슨 얘기들을 주고받을까?

하나는 그저 바람 따라
제자리에서
하나는 날갯짓
맘껏

물어다 주는 소식통

자연은 지금껏 그래 왔다
서로서로
부족함을 채워 주면서

언어

자기 내면에서
우러나오는 자기 생각을 알리는 표현

사람 안에는
사람이 있어야 한다

자기 내면에서
우러나오는 자기 생각을 알리는 매개체

사람 안에는
사람이 있어야 한다

그것은 언어이다
고품질의 사람이다

여필종부

- 아들
어마니이

- 어마니
왜 그러느냐

- 아들
어마니는 아바니보다
세 살이나 더 잡사겠늠시롱
왜 아바니한테 꼬박꼬박 존대를 허는디
아바니는 어마니한테 존대를 안 헌다요
어마니가 누나된 게
어마니도 꼬박꼬박 예 허지 말고
이랬는가 저랬는가 해 부시오

- 어마니
글면 쓴다냐
느그 아바니는 집안의 어른이고 기둥 아니냐
여자가 아무리 우게다고 해도

세상살이에서는 남자가 우게제

글면 못쓰는 것이제

- 아들

참 나

그것이 어째서 글게라

한나절 뙤약볕도 아니고

세 바꾸나 돌았는디 근다요

글면 다시 처녀 때로 돌아간다면

아바니한테 시집 올라요

- 어마니

글제

느그 아바니만 한 사람도 없어야

- 아들

워매 워매

아바니는 아니다 허던디라

다시 장가간다면 어마니 안 만난다 허던디

- 어마니

냅둬라 글던지 말던지

그래도 느그 아바니만 한 사람이 없는디
어쩔 것이냐

- 아들
어허
환장허긋네
콩깍지가 껴도 단단히 껴 부렸네
울 어마니
그렇고롬 아바니가 좋은갑네이

- 어마니
좋은 게
이따금까지 살고
느그들 안 잘 낳았냐

- 아들
그러요 그래
울 어마니 최고네 최고여

오솔길

조용한 나의 안식처에
음악 소리가 손님 되어 찾아올 때
나는 행복하여라
음악을 좋아하고
외롭고 쓸쓸함을 떨치려 애를 쓰지만
가을을 맞아
그러한 몸부림은
한층 더 기승을 부린다
조용한 오솔길 끝이 없는 길을
종일 걷고 싶다

오월

새싹은 움츠렸던 기나긴

어둠의 터널을 뚫고

시련 속의 계절 잔인한 달 4월을 지나

계절의 여왕

장미의 계절 오월

자연은 온통 녹색의 향연

청매실이 영글어 가고

복숭아 열매가 커 가고

사립문가에는 붉은 장미가

푸른 창공을 향하고

바지런한 강남 제비는

이른 아침

지지배배 지지배배 지꼴리지배

일어나라고 일어나라고

창문 밖 빨랫줄에 앉아

재촉을 한다

오월의 천왕봉

오월의 천왕봉 모습에 대한

동경으로 설렘 가득

여명의 시각

두 시간여 달려

중산리

지리산 탐방 안내소

로터리 대피소

문창대

망바위

칼바위

법계사

천왕봉

오월의 지리산

숲은 여름을 머금었고

여름꽃 가을꽃이 반긴다

적멸보궁 법계사를 지나니

금방이라도 천왕봉이 손에 잡힐 듯

그러나

정상을 그리 쉽게 허락지 않았다
가파른 길이
다리에 무리를 주고
개선문에 도착하니 시원한 바람은
땀을 씻겨 주고
바위틈에 흘러내리는
남강 발원지 천왕샘에
목을 축인다
저 멀리 마지막 천상의 계단
그리고 우뚝 솟은 천왕봉 정상
2016년 5월 14일 오전 11시 33분
정상 등정

해발 1915미터
남한 육지 최고봉에 서니
삼라만상 천상천하 유아독존이라
오르는 길이 끝이 없다 한들
오르고 또 오르면 못 오를 이 없다
힘들고 고달픔이 있다 한들
참고 견디어 내면 기쁨의 날이 오리니
아!
정상의 기쁨도 잠시
내려가는 길이 아득하구나

용기

날아다닌다고
다 새가 아니다

걸어다닌다고
다 사람이 아니다

잃는 것 없이 얻는 것은 없다
얻는 것 없이 잃는 것은 없다

감정 노동
감정 없는 막말은 관계가 깨진다

용기는 깨끗함에서 온다

이 밤의 고독

밤이 깊었습니다
잠이 들기 아쉽습니다
생각난 것조차도 짜증스런 얼굴들
지워 버리기에는 아쉬운 얼굴들
지워 버리기에는 아쉬운 사연들
하지만 모든 걸 깨끗이 잊으려 합니다
깨끗이 지워 버리렵니다
그립다 못해 지쳐 버린 이 밤도
창밖의 쓸쓸함과
아름답게 빛나는 별님 속에
이 밤의 고독한 당신을 사랑하는 마음으로
맞이합니다

이별

가서요
내가 그토록 싫으시다면
가서요
조용히
가서요

당신이 나를 싫다고 해도
내가 좋은 걸 어떡합니까
가서요
욕설을 퍼붓고 가서도
좋아요

하지만
나는 당신이 좋은 걸
어찌합니까

가서요
내가 그토록 싫으시다면
가서요

조용히

가서요

이태원 참사

2022년 10월 29일

오후 10시 15분경

무슨 일일까?

서울에서 난리가 났단다

사람들이

젊은이들이 압사했단다

젊은 날 피워 보지도 못한 젊음이

왜 거기에 갔니?

뭘 하러 갔니?

젊은 피들의 욕구 창출

축제가 아닌 참사

남의 것 빌려다 쓰는 욕구들의 피해

씽씽한 국민 일백오십육 명 사망

책임진다는 놈

한 놈 없다

대한민국 헌법 제34조제6항

국민 한 사람도 국가의 책임이다

국가는 재해를 예방하고 그 위험으로부터

국민을 보호하기 위하여 노력하여야 한다

2022년 10월 29일

오후 10시 15분경

무슨 일일까?

서울에서 난리가 났단다

인물

먼 옛날 국회의원하면
그래도
조금은 존경심이 있었지
열두 달 달력 한 장에 인물 찍어
벼랑벽에다 붙여 놓았을 때는
일 년 내내 쳐다보았지
그때는
대통령도 달력이 없던 시절

먼 옛날 국회의원하면
그래도
조금은 존경심이 있었지

지금은
인물이 없다
존경할 만한

다 어디로 갔을까
다 어디에 있을까

인생

海去黃河回不(해거황하회불)이라
바다로 가 버린 황허는 다시 되돌아올 수 없듯이
我去靑春回不(아거청춘회불)이니
우리네 청춘도 한 번 가면 다시 올 수 없으니
空手來空手去(공수래공수거)거늘
빈손으로 왔다가 빈손으로 가는 인생이거늘
俄昨今生滿喫(아작금만끽)이라
우리네 인생 어제도 지금 이 순간도 즐겁게 만끽하고 살아가
세나

人生顧乃德

正月初急寒波(정월초급한파)

정월 초의 급작스런 매서운 한파에

暴雪下道滑世(폭설하도활세)

폭설로 길이란 길은 미끄러운데

午時出行先不(오시출행선불)

점심때 나간 사람 행방이 묘연하네

晩夜不通心集(만야불통심집)

밤은 깊어 가 애간장 태우더니

駐車場歸嫁音(주차장귀가음)

주차장에 차 들어오는 소리에

哭聲震天女女(곡성진천녀녀)

딸내미들 울음바다 되었네

我得知道人生(아득지도인생)

한순간 인생에 깨달음을 주네

입동

입동
겨울이 왔다는
자연의 손짓
감나무 끝에 홍시 두어 개
겨울 햇살에 그 붉은빛을 더하고
대숲 기다란 대나무 꼭대기
까치는 왜 저리 슬피 우는가

첫눈을 기다리는 설렘보다도
다가올 동면의 계절이 부담스러워
동심의 세월이
그만큼 가 버린 까닭일까?

입동 날 추우면
그해 겨울은 몹시도 추워진다고 하는데
잿빛 하늘이
금방이라도 쏟아져 내릴 것 같은 기세다
오래 간직함도 없이

차가움이 가득한 세상보다도

까치밥을 남기는 마음

입동 날

눈이라도 펑펑 내렸음 좋겠다

자가진단

아침 식탁

어마니
약 잡수시오

어마니는
약봉지를 뒤적인다
날마다
아침 것
점심 것
저녁 것
분리되어 있는 약봉지를 뒤적인다

아이
어제 점심때이
점심때 거 약봉지 분명히 깠는데
식탁 위에서 떼구루 구르더니
암만 찾아도 없어야
분명 떼구루 헝거 봤는디

바닥에 떨어졌는가
빗자루로 쓸고 해도 없어야
귀신이 동허게
그래서 내가
다 나섰는 게 약 묵지 말라고
약이 숨어 부렀는갑다 생각했당게
내 말이 맞지

야
어마니 말이 맞소
다 나섰는 게 묵지 말라고
약이 숨어 부렸구만이라

작은 시인의 노래

작은 시인은 노래했다
아무도 걷지 않는 길을 걷고 살리라고
누구의 때도 묻지 않는 곳에서 앉아
노래하리라고

비도 왔다
체념도 했다
자유로움도
어색함도 없이
얼굴을 대면하고

작은 시인은 노래했다
아무도 걷지 않는 길을 걷고 살리라고
누구의 때도 묻지 않는 곳에서 앉아
노래하리라고

작은 아이

작은 젊음이

죽음을 부름 받아

외로운 여행을 떠났다

어둡고 넓은 들판에서

이름 모를 새를 만났다

아득히 멀어져 갔던

이 모습을 찾아

이 밤을 헤매이고

아련히 가물거리는 현실을 느끼며

돌아와 누워 있는 자리

먼지 낀 한 줄기

빛이 스며든다

갈 곳 없는 비명이 돌아와

눈시울을 적시고

작은 젊음의 슬픔이 되어

방황을 하고

암흑 속에서

젊음과 함께 퇴색되어 버린

늙음 속에서
묻혀 버렸다

장모와 사위

처갓집에 하루 이틀 건너 빈둥빈둥거리는
사위가 하도 꼴 뵈기 싫어서 장모가 하는 말

어이 봉 서방
가라고 가랑비 오네

그러니까
눈치코치 없는 봉 서방

장모님
있으라고 이슬비 온디요

장모?
사위!

장미

사립문 옆에 장미꽃
봄부터 피우기 시작
피었다가 지면
다시 꽃망울 맺고 피우고
지금은 가을 장미
높은 가을 하늘과 빨간 장미
우리네 인생도
늙지 말고
피었다 지고
피었다 지고 하면
땅덩어리가
난리가 날까?

제비 1

제비 둥지가 허전하다
새끼들이 다 자라서 둥지를 박차고
멋진 비행을 하고 있다

아직
새끼 제비들이 둥지에 있을 때
새끼 한 마리 다리에 표식을 달았다
내년에 오거든 흥부 박씨 하나 물고 오라고

처마 밑 전깃줄에 앉아
밤을 지샌다
포근했던 둥지는
지금은 낯선 타인의 집
더위도 잊은 채
어미는 부지런히
먹이를 날라다
새끼 제비들에게 먹인다
모성애와 부성애가 눈물겹도록 아름다움이랴

제비 2

아침 밥상
어마니는
창밖을 보다
마당 빨랫줄에 앉은 제비를 보고
아이
지부는
즈그 집으로 갈 때
새끼를 많이 까서
데리고 가야 시집살이를 안 한다 허더라
그리고 넓은 바다를 가다가 많이 빠져 죽은 갑더라
옛날 어른들이 그러더라

어마니는 자기도 어른이라는 걸
모르는 것일까?

제비 소동

양력 춘사월 초이레
음력 이월공달 열이레
하늘에 달이 전깃줄에 걸리고
여기저기 동시다발적으로
봄꽃들이 일찍 찾아와
한꺼번에 꽃 잔치로
다음번 차례는
기다림이 없어지는가 봅니다

오늘은
강남 갔던 제비 부부 한 쌍이 예쁘게 찾아와
반갑게 인사를 합니다
지지배배 지지배배 지꿀리비지배배
지지배배 지지배배 지꿀리비지배배
작년에 약속했던 금박씨 가져왔냐고 물어보니
코로나 때문에 몸둥이라도 포도시[25] 왔다고
지지배배 지지배배 지꿀리비지배배

---

25) 가까스로, 겨우, 어렵사리.

지지배배 지지배배 지꿀리비지배배
대답을 합니다

오늘 얘기는 제비 때문에
어머님 아버님이 티격태격하시는 모습을
담아 봅니다
두 분 다 귀가 잘 들렸다 안 들렸다 합니다
그래서 일상 대화가 남들이 들으면 싸운다고 합니다
큰 소리로 얘기를 해야 하니까요
연세 때문이겠지요

아이
지부[26]가 이쁜 놈이 왔어야
작년에 이쁘게 커서 가드만
에미랑 같이 왔그나 닮기도 했다마는
지부집 밑에
티받이[27]나 받쳐 줘야 쓸 거 같다

어머님이

....
26) 제비.
27) 받침대.

빨랫줄에 앉아서 지저귀는 제비를 보시다가
작년에 새끼를 치고 갔던 제비집을
가리키면서 말씀하셨습니다

그러자
옆에 계시던 아버님께서
알지도 못헌 소리 허고 있네
지부는 영악헌 새라서
집 옆에 쪼그만 뭐라도 있으면 안 들어간 거여
어째서 지부가
문턱 바로 위에다가
집을 지으려고 헌지 알기나 험시로
말이나 허면 쓰겄어

내가 그것을 알면 이렇게 살겄소?
어머님이 톡 빈정 상했단 목소리로 말씀합니다

그러자 아버님은 또 목소리 톤이 높아지면서
망구탱이가 뭔 말을 허면
모르면 들어나 봐
생뚱스럽게 허지 말고

209

워따매 암굿도 안 허면서
그렁 것은 갈칠라고는[28] 잘헙디다
토방에 지부 똥 찔부러뜨리면[29]
당신이 한 번이라도 쓰요 써[30]

워매 긍게 지부가
문턱 위 문지방에다가
집 지으려고 진흙 물어다 놓기가 바쁘게
빗자루로 치워 불구만
글면 못쓰제
죽고 살고 흙 지푸라기 물어다가
집 지을라고 고로고 애쓴디

글면 쓰겄습디여
사람 들락달락헌다
똥 싸고 어지러 놓으면
치울라고 생각도 안 헌 양반이
말은 잘헙디다 이

....

28) 가르치려고는.
29) 떨어뜨리면.
30) 쓸어요 쓸어.

지부도 다 이유가 있어서
사람이 드나들고
사람허고 가까운 곳에
집을 지으려고 허는 것이여
천적들로부터 새끼들을 보호할라고
글고 티받이는
지부가 알을 까서
새끼를 낳았을 때 받쳐 주는 것이여

뭐시 새끼가 천장을 보상한다고라?

아이고 복창 터져서
아이 니가 설명해 줘라

결국은 화살이 내게로 돌아옵니다

어마니
아까 제비가 이쁜 놈이 왔다면서
나중에 제비가 알 깐 다음에 새끼가 나오면
티받이 받쳐 주라고 안 허요?

그렇게 느그 아버지 봐라

자기 말만 우긴 거
알아묵게끔 얘그하면 알아묵제

아 또 저놈의 소리
자기가 못 알아묵는다는 소리는 안 허고
탓은 잘해 남 탓은

워매 사돈네 놈 말허고 있네
관두시요 관둬 당신이 생갠 가도
토방을 한 번 써요
방바닥 걸레질 한 번 허요

말 맥히면 또 저놈의 소리
바깥일은 다 내가 안 헝가

워매 워매 그만 좀 허시요
지부 땜시 쌈 나게 생겼네
어마니가 참으시요
그래도 어마니가 누님 아니요 허허허
이렇게 중간에 또 내가 중재를 합니다

본격적인 영농철

몸댕이는 하나인데
논으로 밭으로 바쁩니다 바뻐
모내기 준비로
논물잡이
논두렁 풀베기
밭에서는 복숭아가
봉지 씌워 주라고 보채고 있습니다
마당에서는
두 노인네님들 티격태격 중재하랴
바쁩니다 바뻐

酒女

진실치 못한
한마디의 말보다는
포근한
포근해질 수 있는 눈빛이
더 좋다
단념할 수 있는 일이래도
잊을 수 없는 일들이
복잡하게 돌아가는
도회지 쳇바퀴 속에서 살아 숨 쉬고 있었다
매양
그 버릇은 그 버릇은
마시고 피우다
마시고 피우다
모른 새 병들어 가고 불태워진 육신과 정신
밀알은 썩어 새 잎이 돋지만
한 번 썩어 버린 육신과 정신은
절망과 한숨 후회와 눈물뿐
차라리
잘난 척 우쭐거림보다는

모자란 듯 바보가 더 좋았을 것을
차라리

질서

영산강변의 노란 유채꽃이
사람을 부르고 있다
봄은 여기저기 꽃 잔치를 열고 있다
남도는 봄꽃 축제 물결

불량식품과 철새들의 잔치는
다가오는데
먹이를 찾아 헤매이는
하이에나들의 비굴한 모습들이 아닌
정정당당한
선한 양들의 모습을 보고 싶다

버릇은 습관이 되며
좋은 습관은 질서가 되며
질서는 서로가 서로에게 믿음을 준다
질서는 행복과 편안함의 흐뭇한 미소를 준다
그리하여 사람 사는 세상이 된다

찔레꽃 1

사립 밖 울타리
하얀 꽃 찔레꽃
점심 끼니 전에
허기짐을 달래 주던
하얀 꽃 찔레꽃

할매 손잡고
오일장 가던 날
사립 밖 울타리
하얀 꽃 찔레꽃
하얀 나비들이
춤을 추었다

사립 밖 울타리
하얀 꽃 찔레꽃
찔레 가시 가시 사이로
히끗히끗 배암 허물이
벗어나고
뱁새들은 왔다 갔다

하얀 꽃 찔레꽃

할매 손잡고
오일장 가던 날
하얀 꽃 찔레꽃

찔레꽃 2

찔레꽃 향기는
우리를 슬프게 한다

먼 옛날
사립 밖 동동거림 발돋움으로
기다림의 시간이
더디 갔지만
찔레꽃 향기 따라
그리움의 시간은
눈물을 주었다

하얀 꽃 찔레꽃
오월 울타리 햇살에
피어나는
하얀 꽃 찔레꽃

찔레꽃 향기는
우리를 슬프게 한다

찔레꽃 3

하얀 꽃
찔레꽃 울타리 넘어
종종거림은
괜시리 막대 짓
우수수 떨어져 버린
하얀 꽃 찔레꽃

어디쯤일까
어디쯤일까
하얀 꽃
찔레꽃 울타리 넘어
종종거림은
괜시리 막대 짓
우수수 떨어져 버린
하얀 꽃 찔레꽃

참새놀이

부루르 부루르 짹짹짹
부루르 부루르 짹짹짹
대샆 속에서 참새 떼 날아오는 소리
사립문 밖 물 고인 웅덩이에 날아 앉아
파다닥 파다닥 날갯짓 목욕을 한다
가을 햇살 따가웁기도 따가웠겠다
멀찌감치 한 넘은 두리번두리번 보초를 서고
눈치는 에누리 없는 여시 백단
째그째그짹 째그째그짹 암호 소리에
열심히 종종걸음 부리나케 쪼아대다
부루르 부루르 짹짹짹
부루르 부루르 짹짹짹
떼 지어 대샆 속으로 사라진다

부루르 타다닥 짹 째그째그짹
부루르 타다닥 짹짹 째그째그짹
다시 보초 한 넘 눈짓
대샆에서 부루르 부루르 짹짹짹
떼 지어 날아와

열심히 종종걸음
부루르 부루르 타다닥 쩩
부루르 부루르 타다닥 쩩
연신 물방개 부리를 찍는다
대삽으로 사립문가로
부루르 타다닥 쩩 부루르 타다닥 쩩

내일은 쌀겨에 새치를 놓아야겠다

첫눈

임인년을 보내면서
밤새
하느님이 첫눈이 보냈다

첫눈
설렘
기다림
왠지 모르게 거시기해야 함에도
지금은 SNOW는 NO
절실히 필요한 것은 비
주룩주룩 장맛비

시베리아 기단
잠시 물러나 있으면 안 될까?
북태평양 기단
잠시 올라오면 안 될까?

먹는 물 제한 급수 들어간다고 하니
도회지는

단독이든
원룸이든
고층 아파트 할 것 없이
앞일이든 뒷일이든 대란이다
시골이야
앞일이든 뒷일이든
아무딱[31] 지천인데

첫눈
지금은
설레기에는
값싼 사치다

---

31) 아무 곳에나.

충주 박영애 여사 효행비 제막

梨花(이화)에 꽃망울이 맺혔다
양력 춘삼월 열여드레 날
음력 이월 스무이레 날

덕림산 줄기가 東倉(동창)을 내달아
영산강 삼백리 영산나루 가는 길목
竹山(죽산) 마을에 경사가 났다
사람의 道理(도리) 孝行(효행)에
입소문은 널리 널리 퍼져
관에서 나라에서 裳(상)을 내리고
梨花(이화)에 꽃망울 맺던 날
죽산 마을 어귀에 孝行碑(효행비) 우뚝 서니
오다가다 마주치는
星州(성주) 李(이)씨네 자랑이요
忠州(충주) 朴(박)씨 으뜸이라

자식은 血緣(혈연)이요
자부는 依屬(의속)이라
섬기는 마음

받드는 마음이

다르고 다를진데

그 고마움 마음과 심성이

혈연보다도 넘치고 넘쳐

오늘날 모든 家風(가풍)에 龜鑑(귀감)으로

羅州(나주) 고을 細枝面(세지면) 竹山(죽산) 마을에

慶事(경사)로다

오는 길 가는 길 길손들이여

따사로운 봄볕

푸른 실록에 시원한 여름볕

황금을 싣고 오는 가을볕

하얀 세상 온정 넘치는 겨울볕

오는 길 가는 길에

잠시 잠시 눈을 붙여

그 孝行(효행)의 價値(가치)가

두루두루 전해져 사람이 중헌 사회로

後世(후세)들에게 孝行(효행)의 아름다움을

전하고 전하세

人倫(인륜)의 根本(근본)

孝(효)에 생각을

孝行(효행)은

人倫(인륜)의 根本(근본)이라

서기 2023년 3월 18일

치매

치매
나쁜 기억들은 잊어버리고
좋은 기억들만
계속해서 기억하니
이쁜 치매

치매
좋은 기억들은 잊어버리고
나쁜 기억들만
계속해서 기억하니
안 이쁜 치매

치매
이 세상에서 제일 슬픈 병
이 세상에서 가장 나쁜 병

세월 이기는 장사 어디 있으랴

칠월

칠월은
청포도의 계절
먼 데
하늘이 꿈꾸며
알알이 들어와 박혀
하늘 밑
바다가 가슴을 열고
두 손을 흠뻑 적셔도
칠월은
청포도의 계절
먼 데
하늘이 꿈꾸며
알알이 들어와 박혀
하늘 밑
바다가 가슴을 연다

태극기 다는 날

코로나19
전 국민이 고통 아닌 고통을 당하고
그래도 전 국민이 정부의 지침을 잘 따라 주고
의료진 여러분들의 고생하신 보람으로
우리나라의 의료 방역 위상은
세계에서 매뉴얼이 되었습니다
의료진 여러분들의 노고에 진심으로 감사드립니다
그리고 이 시간에도 병실에서
고통을 이겨 내고 계신 분들께
빠른 쾌유를 빌어 드립니다

지난 6일은 제65회 현충일이었습니다
현충일 아침에 일어났던 이야기 몇 자 적어 봅니다
저는 정년퇴직을 하고 귀농하여
부모님을 모시고 있는 농부입니다
부모님은 팔십이 훨씬 넘으셨고
그래서 제가 벼농사하고 과수 농사를 짓고 있습니다
아버지께서는 제가 어렸을 때부터
국경일이 되었던 법정 기념일이 되었던

태극기를 꼭 달으셨지요
그래서 보고 배운다고 저도 자라면서
태극기 다는 날은 잊지 않고 달았지요
시골로 오기 전까지도 아파트 베란다에
국경일이든 국가 기념식이든 태극기를 달았지요
그럴 때마다 집사람은
충성 났네 충성 났어 하면서
저런 충성으로 나한테도 좀 해 보시지
가끔 입씨름도 했었지요

오늘도 현충일이 되니
어김없이 아버지께서 태극기를 들고
대문간으로 가서
태극기를 달고 계시더구만요

그때 수수 빗자루로 마당을 훔치고 계시던

- 어마니
참말로 지극정성이요
어찌게 국기 당 것은 잊어불도 안 허요?
태궁기 당다고 밥이 나오요 떡이 나오요

- 아바니

거참 잔소리 깨나 퍽도 했샀네

가만히 보고나 있으면 떡이나 묵제이

달력에 빨간 글씨 아니여

다 법으로 달게 되어 있응게 글제

빨급시 글겄어

오늘이 뭔 날이나 된지 알고나 그런 소리를 하든지 말든지 허제

오늘은 전국민이 애도하는 날이여

경건헌 맴으로 추념을 해야 헌다고 추념을

추념이 뭐신지나 알어?

- 어마니

워따메 장허요 그럴 시간 있으면

마당이나 한번 쓸으시오이

생전 가도 마당 한 번 안 쓴 양반이

저렁 것은 아조 지극정성이당게

우리 동네 누가 답디여?

맨날 국기 단 집은 울 집밖에 없습디다

옛날에 엄니(돌아가신 할머님을 말씀하심)께서

울 아덜은 버릴 것이 한나도 없어야 글러시더만

그 말씀이 어찌그로 딱 들어맞을까이 아이고 참

- 아바니
긍게 나라도 안 잊어불고 단가 안
그래야 사람 사는 도리를 하는 것이여

- 어마니
그넘의 도리가 밥 맥여 줍디여
내 손 안 들어가고는 숭늉 한 그릇도 없는 양반이
도리는 잘 찾습디다이

- 아바니
아침부터 뭔 넘의 잔소리가
많을까이 글면 뭐던가?

- 어마니
머더긴 뭐데라 마당이나 쓸제
거 뵈기 싫응게 마스코나 벗어 불든지 허시요
뭔 넘의 마당만 나와도 마스코를 쓴가 몰르겄어

하고 어머니께서는
쓸고 계시던 빗자루를 마당으로 휘익 떵게 불고
물청개로 들어가시라고 했다
아랫방에서 두 양반 대화에 웃음을 참고 있던 나는

이쯤에서 나서서 두 분이 티격태격하시는 것을 막아야겠다고
방문을 열고 나갔다

- 아들
어허 아버지는 누님한테 글면 쓰겄소
국기 달고 마당 쓸어 죽게 허제마는
글고 어머니는 누님이 되어 갖고 글면 쓰겄소
국기 당게 대문이 훤허요 해야제

그러자 두 분은 멋쩍은 표정입니다
다음번 태극기 다는 날
7월 17일 제헌절 때는
또 어떤 대화가 있을지 모르겠네요
달력에 빨간 글씨가 아니어서
어머니께서 뭐라고 하실지 궁금해집니다

宅號

반월(명월촌) 마을
내 지나온 예순다섯 해 동안
같이 살아왔던
나의 기억 속의 마을 어르신들과의 만남
이미 고인이 되신 분들
지금 현재 마을에 살아 계신 어르신들
나의 예순다섯의 기억 속에서 꺼내어 본다

조부모님	故 증문양반	故 증문댁
부모님	성산양반	성산댁
숙부님	당촌양반	당촌댁
숙부님	광산양반	광산댁
나	광주양반	광주댁

마을 어르신들
故 연산양반   故 연산댁
故 구름댁
故 머정댁
故 나산댁

故 행장댁

故 철회양반　故 철회댁

故 배매양반　故 배매댁

故 나주양반　故 나주댁

故 봉동양반　故 봉동댁

故 온천양반　故 온촌댁

故 운곡양반　故 운곡댁

故 칠이양반　故 칠이댁

故 함을양반　故 함을댁

故 안로양반　故 안로댁

故 안골양반　故 안골댁

故 비날양반　故 비날댁

故 토굴양반　　토굴댁

故 덕림양반　故 덕림댁

故 모산양반　故 모산댁

故 양촌양반　　양촌댁

故 이남양반　　이남댁

故 본동양반　　본동댁

　귀엽양반　　귀엽댁

　이정양반　故 이정댁

故 덕치양반　　덕치댁

故 송동양반　　송동댁

故 갈곡양반　故 갈곡댁

故 영신양반　　영신댁

故 덕암양반　故 덕암댁

故 목골댁

　금동양반　　금동댁

　수원양반　　수원댁

　인천양반　　인천댁

　벽류정양반　벽류정댁

어쩜 나의 세대가

마지막일지 모를 택호

우리의 고유 전통 하나가 잊혀질리야

퇴근 보고

오늘도 어김없이
전화벨이 울린다

여보세요

아빠 퇴근

딸내미 퇴근 보고다

사회 첫발을 딛던 날
아무 연고도 없는
서울 하늘 아래
여성 전용 고시원에
딸내미를 남겨 두고 돌아서던 날
흰 눈이 내렸다

걱정 말라고
되레 안심시켜 주는 딸내미
3층 도로변 쪽 룸

손바닥만 한 창문 사이로
얼굴만 간신히
손을 흔들어 주었다

내려오는 길
운전대는 방황을 했다
같은 길을 두서너 번 돌고 나서야
서울을 벗어났다
옆에서는 연신
훌쩍거리는 소리
그렇게 그날은
서울을 벗어나는 길이 길고도 길었다

딸내미와의 약속
날마다
퇴근할 때 퇴근 보고를 할 것

마포구 서교동 고시원 생활에서
동작구 상도동 원룸으로
구로구 천왕동 사회 초년생 임대
세월은 흘러
기흥구 아파트

지금도 퇴근하면

어김없이

퇴근 보고는 계속되고 있다

팽이

팽이는 돌아가고 있습니다
아무 말도 없이
그냥 빙빙 돌아가고 있습니다
우리 다 같이
천한 사람의
찌꺼기를 버리려는 마음처럼
팽이같이 빙빙 빙글빙글 돌아 봅시다
돌고 돌아 빙빙 돌아가는 세상
따스한 안식처가 기다려 주는 자리에 자리를 잡고
내일을 향해 빙빙 돌아 봅시다
손과 손을 잡고
입과 입을 맞추며
가슴과 가슴을 맞대며
빙글빙글 돌아 봅시다
돌고 돌아가는 세상
우리 모두 팽이처럼 둥글게 둥글게
험한 세상 웃으며 살아갑시다

플라타너스의 항변

행정의 갑질
플라타너스
공해에 강해 가로수를 위해 태어난 나무
넓적한 잎은
한여름 따가운 햇빛 가리개
열매는 기다란 대궁에 달려
유년 시절 초등학교 녹음장애서
장난 놀잇감

그런데 말입니다
그 플라타너스 나무가
행정의 갑질을 당하고 있으니 말입니다
아조 몽당비를 만들어 놨습니다
얼마나 아팠을까요
수족이 잘리는 순간순간마다
그럴 거면 애초부터 가로수를 심지 말았어야지
그럴 거면 애초부터 전봇대를 세우지 말았어야지
그것이 죄송하다는 표정이야
그것이 죄송하다는 표정이냐고

하늘엔 영광 땅에는 평화

때와 장소를 아는 것도 능력이라고
누군가 말했다
간절한 바람 덕분일까?
하늘에서 연이어 함박눈이
쏟아지고 있다
그동안 가뭄에 목 타던
남녘땅에
매서운 한파와 거추장스런 눈이
다소 불편함에는
여타 치더라도
남녘에는 물이 필요하다
더 많은 물이

수시로 변하는 하늘
푸른 창공에는 흔적을 남기고 가는 비행기
가을의 흔적을 남기고 있는 붉은 감부리
밤새 추위에 떨었을 나무들

신도가 되었든 비신도가 되었든

인위적 사유에 의한

만인의 만인에 의한 기쁨

화이트데이

하늘엔 영광

땅에는 평화

한 조각구름이 흘러갈 때

한 조각구름이 흘러갈 때
뒤에서 오는 바람은
누구를 위한 몸부림인가

한 조각구름이 흘러갈 때
앞서가는 바람은
누구를 위한 마중물인가

한 조각구름이 흘러갈 때
뒤서는 바람 앞서는 바람은
우리 인생의 뒤안길을 맴돌고 있다

해

해가 올라오기 시작한다
하루가 시작된다
동짓달 끝자락
매일매일
반복되는 자연의 수레바퀴
해가 올라오는 자리
해가 지는 자리는
매일매일 달라진다
동지를 기점으로
해가 뜨는 자리는
해를 바라보는 방향에서
왼쪽으로 이동하고
해가 지는 자리는
오른쪽으로 이동한다

희망

지금보다 더 나은 세상이
가능하다는 희망
이제 다시
꿈을 꾸다
두려움을 떨쳐 내고
냉소와 절망
나태와 무기력을 혁파하자
저마다 가슴에
불가능한 꿈을 꾸어라
그것이
그대들의 진정한 대업이다

복사꽃이 필 때

ⓒ 홍검사, 2023

초판 1쇄 발행 2023년 12월 31일

지은이   홍검사
펴낸이   이기봉
편집   좋은땅 편집팀
펴낸곳   도서출판 좋은땅
주소   서울특별시 마포구 양화로12길 26 지월드빌딩 (서교동 395-7)
전화   02)374-8616~7
팩스   02)374-8614
이메일   gworldbook@naver.com
홈페이지   www.g-world.co.kr

ISBN   979-11-388-2664-8 (03810)